suhrkamp taschenbuch 1460

4. –

Hans Erich Nossack, 1901–1977, erhielt 1957 den Preis des Kulturkreises im Bundesverband der Deutschen Industrie, 1961 den Georg-Büchner-Preis, 1963 den Wilhelm-Raabe-Preis. Prosa: *Nekyia; Interview mit dem Tod; Spätestens im November; Der Neugierige; Spirale; Begegnung im Vorraum; Der Untergang; Der jüngere Bruder; Unmögliche Beweisaufnahme; Nach dem Letzten Aufstand; Das kennt man; Das Testament des Lucius Eurinus; Das Mal; Der Fall d'Arthez; Dem unbekannten Sieger; Die gestohlene Melodie; Bereitschaftsdienst; Ein glücklicher Mensch; Um es kurz zu machen; Dieser Andere.* Essays: *Die schwache Position der Literatur; Pseudoautobiographische Glossen; Vier Etüden.* Schauspiele. Übersetzungen aus dem Englischen und Amerikanischen.

»Ich-Erzähler und Hauptfigur in diesem Buch ist ein Chemiker, der in der Farbenindustrie beschäftigt ist. Der noch jüngere Mann setzt sich über die stillschweigende Vereinbarung aller Regierungen, Institutionen und der Presse hinweg, eine Epidemie, die zum Zeitpunkt der Niederschrift des Berichts fünf Jahre zurückliegt, totzuschweigen. Es war eine Selbstmordepidemie, über deren Ursachen man vergeblich spekuliert hat ...

Der Roman ist so etwas wie ein Torso, ist ein in sich selbst gebrochenes Fragment. Das ungeheure Ereignis, um das es geht, legitimiert jedoch auf eigenartige Weise, daß der Text überraschend früh abbricht. Die Erfahrung, die hinter ihm steht, wird spürbar, und spürbar wird, daß sie konkret ist.« *Heinrich Vormweg, Hess. Rundfunk*

Hans Erich Nossack
Bereitschaftsdienst

Bericht über die Epidemie

Suhrkamp

Umschlagbild:
James Ensor, Triumph des Todes

suhrkamp taschenbuch 1460
Erste Auflage 1987

Satz: Poeschel & Schulz-Schomburgk, Eschwege
Druck: Nomos Verlagsgesellschaft, Baden-Baden
Printed in Germany
Umschlag nach Entwürfen von
Willy Fleckhaus und Rolf Staudt

1 2 3 4 5 6 – 92 91 90 89 88 87

Für Kurt Bösch
voller Dankbarkeit

Yesterday's news,
tomorrow's suicides.
Henry Miller

1

Wenn heute über die nur fünf Jahre zurückliegenden Ereignisse gesprochen wird, was selten genug vorkommt, dann fällt unweigerlich die Bemerkung: Das alles ist doch von irgendwelchen Großvätern hochgespielt worden.
Ich rege nicht zu solchen Gesprächen an, nehme auch nicht daran teil, sondern höre wie ein Unbeteiligter zu.
Daß die Epidemie schon damals sozusagen in die Hände moralisierender Besserwisser fiel, ist bei dem völligen Versagen der Wissenschaft vielleicht kein Wunder. Aber genügt es, sich mit der lächerlichen Seite des Problems zufrieden zu geben? Für die Wissenschaft müßte doch ihr Versagen ein Problem sein, sollte man annehmen.
Mir jedenfalls, als einem von der Epidemie Betroffenen, haben solche abschätzigen Bemerkungen nie ausgereicht. Ich war damals alles andre als ein Großvater und bin es auch heute noch nicht. Wahrscheinlich wegen dieses Ungenügens machte ich mich, nachdem ich in diese Stadt gezogen war und mich in meine neue Stellung eingewöhnt hatte, in meiner Freizeit daran, Zahlen und Daten zu sammeln. Jedoch keineswegs

mit der Absicht, ein Buch darüber zu schreiben. Wozu andre Menschen mit meinen Erfahrungen belästigen? Sondern nur, um meine Erfahrungen geschichtlich zu kontrollieren und damit zu objektivieren.

Die Anregung, das alles trotzdem niederzuschreiben, habe ich allein Hilde zu verdanken. Hilde ist meine jetzige Frau. Sie war, als ich mit meinen Nachforschungen begann, eine ganz junge Bibliothekarin – es war ihre erste Stellung nach dem Examen – an der hiesigen Stadtbibliothek und hat mir beim Suchen in den Archiven und Kartotheken sehr geholfen. Jetzt ist sie in der größten Buchhandlung dieser Stadt beschäftigt, das ist lebendiger, wie sie sagt, als den Staub der Vergangenheit einzuatmen.

Vermutlich wird es ihr nicht recht sein, daß ich sie in diesem Bericht erwähne, aber da wir uns sozusagen über das Thema ›Epidemie‹ kennengelernt haben, halte ich es für richtig. Sie kann ja ihren Namen streichen, wenn sie es für verkehrt hält; sie versteht mehr von Büchern als ausgerechnet ich.

Wie dem auch sei, sie hielt es für eine Schande, daß jemand sich jahrelang die Mühe macht, die Unterlagen zusammenzusuchen und zu überprüfen, ohne daß es zu einem sichtbaren Ergebnis kommt. ›So etwas liegt heute in der Luft‹, sagte sie und schlug sogar den Titel ›Tabu‹ vor, der mir aber nicht gefiel, und auch sie kam wieder davon ab, da es schon ein Buch mit diesem Titel geben soll. Und wenn ich mich mit meiner

Unfähigkeit, ein Buch zu schreiben, ausreden wollte, hieß es: ›So was kann jeder schreiben.‹ Daran zweifle ich, denn wenn jeder, der die Unglücksmonate vor fünf Jahren mitgemacht hat, so etwas schreiben könnte, müßte es eine Unzahl von Büchern darüber geben. Doch so meinte sie es wohl auch nicht. Sie sagte: ›Fang einfach ohne jede Vorrede an.‹

Das ist leicht gesagt.

Eines der Bücher, die manchmal bei uns herumliegen – es sind Leseexemplare, die Hilde aus der Buchhandlung mitbringt, um sie zu Haus schnell zu überfliegen – einer dieser Romane begann mit dem Satz: ›Dies Buch kann natürlich nur nachts geschrieben werden.‹

Der alberne Satz fällt mir nur jetzt gerade ein, weil ich auch diesen Bericht nachts schreibe, aber aus dem sehr einfachen Grunde, weil ich tagsüber etwas andres zu tun habe. Dem Romanschreiber dürfte es doch wohl kaum anders gegangen sein, warum hält er es für nötig, die schlichte Tatsache noch extra zu erwähnen? Will er sich damit interessant machen?

Immerhin, bei dem Versuch, meine Erlebnisse und Erfahrungen niederzuschreiben – die Bezeichnung ›Epidemie‹ verwende ich, weil sie schon damals so genannt wurde. Dagegen gefällt mir die Bezeichnung ›Selbstmord-Epidemie‹, die man auch hin und wieder hört und noch dazu mit einem verächtlichen Unterton, ganz und gar nicht, sie scheint mir auch nicht zutreffend. Denn wenn ich das hier schon voranschicken darf, lag für uns Beteiligte das Entsetzliche und die Ansteckungsgefahr nicht darin, daß irgendein Selbst, das mit dem Leben nicht fertig wurde, sich umbrachte, sondern es war eher ein allgemeines und schon beinahe natürliches Aufhören- oder Schlußmachen-Wollen, was uns damals so erschreckte und dem die Fachleute ratlos gegenüberstanden. Doch ich muß zugeben, daß auch mir eine treffendere Bezeichnung fehlt – heute, wie gesagt, fällt mir dieser dumme erste Satz des Romans wieder ein, und ich wäre sogar geneigt, ihn abzuändern und statt dessen zu sagen: ›Dieser Bericht darf natürlich nur nachts gelesen werden.‹ Damit ist nur gemeint, daß man die Gewißheit haben muß, wirklich allein zu sein; alle Menschen müssen in ihrem Bett liegen und schlafen. Die Möglichkeit, daß unversehens jemand ins Zimmer tritt und einen beim Lesen wie bei etwas Unerlaubtem ertappt, muß völlig ausgeschaltet sein, soweit sogar, daß man es nicht nötig hat, nach draußen auf den Flur zu lauschen, ob nicht etwa doch jemand kommt. Denn wenn jemand unversehens ins Zimmer träte, wäre man Fragen ausgesetzt wie: ›Was ist denn mit Ihnen los? Fühlen Sie sich nicht gut?‹ Oder gar die Frage: ›Wozu liest du das Zeug, wenn es dich traurig macht?‹ Dann müßte man sich drehen und wenden und nach Ausflüchten suchen und das, was man gelesen hat, verleugnen und damit sich selbst verleugnen, nur um jede Beunruhigung zu verhindern. Gewiß, es ist nicht geradezu verboten traurig zu sein, doch so viel steht fest, daß es ganz unerlaubt und verantwortungslos ist, es andre merken zu lassen.

Das ist ähnlich wie mit Träumen, obwohl die Epidemie alles andre als ein Traum war, aber wenn ich jemand große Sprüche über einen Traum, den er letzte Nacht gehabt hat, machen höre, scheint mir immer, daß er nicht würdig ist, ihn geträumt zu haben. Auf jeden Fall ist es peinlich.

Das klingt so, als ob man die Nächststehenden an dem, was man denkt und was einen angeht, nicht teilnehmen lassen will. Den Vorwurf mache ich mir manchmal selber, besonders Hilde gegenüber, aber als ich ihr das einmal gestand, lachte sie mich aus. Sie nimmt das alles zum Glück nicht ernst.

Übrigens habe ich auch der Tante meiner ersten Frau geschrieben und sie gefragt, ob sie etwas dagegen hätte, wenn ich über meine Erlebnisse während der Epidemie schriebe. Ich hielt das für anständiger, da es um ihre Nichte ging, und außerdem hat sie als einzige Angehörige meiner ersten Frau tatkräftig zugegriffen, als das Unglück passierte.

Es wird sich nämlich nicht vermeiden lassen, in einem möglichst sachlichen und durch Zahlen und Daten untermauerten Bericht über die schwere Zeit, von der die ganze Welt heimgesucht wurde, auch von Privatem zu sprechen. Zur Entschuldigung, falls eine solche nötig ist, mag die Erwägung dienen, ob es nicht gerade das sogenannte Private ist, was einen Spätergeborenen, der die Berichtzeit nicht erlebt hat, besser von dem in Kenntnis setzt, was damals vor sich ging, als historische Zusammenstellungen und Statistiken, mögen sie noch so exakt sein. Die Frage müssen andre beantworten, ich spreche als Nicht-Historiker.

Ich gebe zu, Hilde mit Namen zu nennen, ist schon fast allzu privat, es genügte, von meiner zweiten Frau zu sprechen, so wie ich ja auch den Namen meiner ersten Frau aus Scheu, oder wie man es sonst nennen will, nicht erwähne. Aber es ist mir einfach unmöglich, den Menschen, mit dem ich jetzt zusammen lebe und dem ich Tag für Tag bei Tisch gegenüber sitze, mit einer Art Besitztitel zu belegen. Irgendwie stimmt das nicht, das wenigstens hat die Epidemie mich gelehrt.

Mag sie daher ändern und streichen, was ihr literarisch nicht richtig zu sein scheint. Was versteht schon ein Chemiker davon. Ja, ich habe noch gar nicht berichtet, daß ich Chemiker bin. Nichts Großartiges, sondern ein Feld-Wald- und Wiesen-Chemiker, der sich in den letzten Jahren auf Farben und Lacke spezialisiert hat.

Selbstverständlich weiß Hilde, was die Epidemie mir persönlich oder privat angetan hat. Es wäre unrecht gewesen, ihr das zu verheimlichen, bevor ich sie bat mich zu heiraten. Sie hätte mich zum Beispiel für ›angeschlagen‹ halten können, und welches Mädchen will schon mit einem angeschlagenen Mann verheiratet sein. Daß ich mich selbst nicht für angeschlagen halte, zählt nicht. Doch zum Glück nahm sie das alles nicht ernst, nicht einmal die Epidemie selber nahm sie ernst. Jedenfalls zu Anfang unsrer Bekanntschaft nicht.

Ich sagte schon, daß sie mir in der Stadtbibliothek beim Heraussuchen von Veröffentlichungen in Zeitungen und Zeitschriften aus der Zeit der Epidemie entscheidend geholfen hat. Sie wunderte sich damals, daß jemand sich dafür interessierte, das war zu merken. ›Sie sind der Erste, der sich damit befaßt‹, sagte sie, am liebsten hätte sie mir wohl davon abgeraten, weil sie das Thema für unergiebig hielt. Erst nach und nach und weil ich immer wiederkam und nachbohrte, begann sie sich auch dafür zu interessieren und suchte freiwillig Unterlagen heraus, die mir bislang entgangen waren, doch wohl weniger wegen der Epidemie, sondern wegen meiner Beharrlichkeit.

Auch ihre Mutter nahm das alles nicht weiter ernst. Sie wohnt bei uns, unsre Wohnung ist groß genug. Sie ist noch berufstätig als Abteilungsleiterin oder Direktrice, wie man es wohl nennt, in der Spielwarenabteilung des Kaufhauses. ›Spielwaren das macht mehr Spaß als die Weiber anziehen‹, sagte sie zu uns. Ich sprach einmal mit ihr über meine Vergangenheit, das wird bestimmt noch gewesen sein, bevor ich Hilde heiratete. Ich fragte sie, wie sie denn die schwere Zeit überstanden hätte. Sie sah mich erstaunt an und meinte dann: ›Was war denn für unsereinen viel daran zu überstehen?‹

Damit deutete sie auf ihr eigenes Schicksal hin, worüber sonst kein Wort bei uns verloren wurde.

Ihr Mann war nämlich 1944 von den Nazis hingerichtet worden, er hatte zur Widerstandsbewegung gehört. Und das, als sie mit Hilde schwanger ging oder das Kind gerade geboren wurde, das genaue Datum kenne ich nicht, Hilde hat jedenfalls ihren Vater nicht mehr kennengelernt. Und ihrer Mutter haben die Nazis sogar noch eine Rechnung für die Hinrichtung geschickt. Hilde hat sie mir einmal gezeigt, ein unglaubliches Dokument.

Doch das Argument der Mutter, wenn sie es auch nicht so deutlich als Argument brauchte – das lag ihr nicht, sondern es ging mehr aus ihrer Einstellung hervor, daß Menschen, die so etwas wie sie erlebt hatten, gegen die Ansteckungsgefahr durch eine Epidemie gefeit sind –, ist unter Umständen nicht ganz von der Hand zu weisen. Vielleicht werde ich noch darauf zurückkommen.

Mir fällt dabei der genaue Wortlaut der Bemerkung ein, mit der sie das Gespräch erledigte. ›Das war doch Kinderkram, nimm es mir nicht übel‹, meinte sie.

Man darf ihr den Ausdruck nicht übelnehmen, mit Kinderkram meinte sie vermutlich Kinderkrankheiten, und für sie mag das auch zutreffen. Aber bei Hilde zum Beispiel liegt der Fall doch ganz anders. Sie war damals zwanzig oder einundzwanzig, das heißt also in dem Alter, das nachweislich besonders anfällig war. Was hat sie vor der Ansteckung bewahrt? Sie war noch in der Ausbildung, wenn ich nicht irre. ›Ja, eine Kollegin hat sich damals umgebracht‹, erzählte sie mir, ›wir Mädchen waren natürlich sehr traurig, aber so was kommt doch immer mal vor.‹

Man muß nicht denken, daß wir häufig über das Thema sprechen, im Gegenteil, und wenn überhaupt, dann nur, weil Hilde den Ehrgeiz hat, daß ich ein Buch daraus mache. ›Für so etwas werden sich bestimmt Leser finden‹, meint sie, ›die Leute lesen heute lieber populär-wissenschaftliches Zeug als Romane. Hauptsache, daß du die Sache richtig anfaßt.‹

Das ist so ihre Ausdrucksweise oder, wenn man will, Berufsjargon. Es ist damit aber immer noch nicht erklärt, warum sie damals immun gegen die Ansteckungsgefahr gewesen ist. Und wer sagt mir, ob nicht auch sie, wenn sie allein ist und das heißt, wenn sie ohne dies zufällige bürgerliche Wesen, das ihr Mann ist, über alles nachdenkt, auch ihre Traurigkeit hat, die nur ihr ganz allein gehört und an die zu rühren geradezu einer Vergewaltigung gleichkäme?

Doch um schon jetzt auf das vorhin erwähnte Argument zurückzukommen: mir ist nicht bekannt, ob die Wissenschaft, etwa die medizinische, versucht hat, die Epidemie andersherum in den Griff zu bekommen, das heißt, nicht von der Krankheit und den Opfern her, sondern mit dem Blick auf die, die von ihr verschont wurden. Zuzutrauen wäre es ihr, sei es auch nur in der wohlmeinenden Absicht, ähnliche Vorkommnisse in Zukunft unmöglich zu machen und damit zugleich den umstrittenen Begriff Gesundheit ein für allemal zu statuieren.

Ich selber, um es zu gestehen, war einen Augenblick drauf und dran, diesen Standpunkt meinem Bericht zugrunde zu legen, obwohl ich, wie man noch sehen wird, nicht eigentlich zu den Verschonten gerechnet werden darf. Ich bin jedoch sehr schnell wieder davon abgekommen und schäme mich ein wenig, überhaupt so eine Idee gehabt zu haben. Gewiß, dabei spielen sentimentale Gründe eine Rolle, zum Beispiel das Unrecht, das ich damit den Opfern antun würde, indem ich sie als krank abtue.

Doch von Sentimentalität abgesehen, die damaligen Geschehnisse und damit auch den heutigen Weltzustand von den Verschonten her abzuurteilen, hieße einen ganz unsachlichen moralisierenden Standpunkt einnehmen. Welch eine Überheblichkeit, die Tatsache, daß jemand verschont wurde, als einen Beweis für seine Gesundheit zu nehmen und damit zugleich alle Opfer als lebensunfähige Schwächlinge zu verdammen!

Mit dem gleichen Recht könnte man unschwer den Spieß umdrehen und sagen: verschont geblieben sind nur die dickhäutigen Dummköpfe, denen es an jeder Sensibilität und Menschlichkeit fehlte. Das wäre dann eine Art Gesundheit, vor der man sich ekeln müßte.

Für unsereinen wäre eine solche Annahme nicht nur ein unwissenschaftlicher, leichtfertiger Optimismus, sondern geradezu, man verzeihe den altmodischen Ausdruck, aber es gibt vorläufig noch keinen besseren, eine Sünde.

2

Vorderhand dürften derartige Veröffentlichungen kaum zu befürchten sein, es scheint so, als ob kein Bedarf dafür vorliege. Das ist um so erstaunlicher, als doch die Mehrzahl der heute Lebenden bewußt die nur ein paar Jahre zurückliegenden Ereignisse mitgemacht hat und damals bestimmt Angst vor Ansteckung, wenn nicht für sich selbst so doch für ihre Angehörigen gehabt haben wird.
Mir geht es nicht in erster Linie um wissenschaftliche Spekulationen, die ja gewöhnlich erst post festum einzusetzen pflegen, sondern um den damaligen Alltag. Wie haben wir damals reagiert, was haben wir auf dem Höhepunkt der Epidemie davon begriffen, das allein scheint mir der Betrachtung wert.
Zugegeben, obwohl nichts aufschlußreicher ist als der kleine Alltag, ist auch nichts schwieriger für den, der in ihm befangen ist, diesen seinen kleinen Alltag zu begreifen. Aber heute, kaum fünf Jahre danach, sollte man doch erwarten, daß Tagebuchnotizen und Briefe aus der Zeit gesammelt würden. Die Historiker sind doch sonst so schnell bei der Hand, die jüngste Zeitgeschichte zu analysieren, um sie dann getrost in den Schrank hängen zu können.

Allerdings habe auch ich mir damals keine Notizen gemacht, es fehlte mir an Zeit, aber selbst wenn ich Zeit gehabt hätte, wäre ich wohl kaum auf die Idee gekommen, Tagebuch zu schreiben. Das liegt mir nicht.

Die Gabe des Vergessens von Katastrophen, denen man nur mit äußerster Mühe standhalten konnte, ist vermutlich, man erlaube mir den komischen Ausdruck, ein biologischer Trick. Niemand kann den Menschen zumuten, daß sie dauernd in Angst vor einer Wiederholung der Katastrophe dahinvegetieren. Trotzdem müßte es doch Menschen oder Wissenschaftszweige geben, die sich Aufklärung darüber wünschen, wie es zu so einer entsetzlichen Katastrophe kommen konnte, die die ganze menschliche Existenz in Frage stellte. Das aber ist ganz offenbar nicht der Fall, und dies unerklärliche Phänomen ist eines der hauptsächlichsten Motive dieses Berichts.

Nicht einmal die Industrie, die doch in ihrem Instinkt für das, was in der Luft liegt und dem Absatz ihrer Artikel förderlich sein könnte, der Politik stets um etliche Nasenlängen voraus zu sein pflegt, bedient sich heute in ihrer Werbung irgendwelcher Hinweise auf die damaligen Gefahren und die Möglichkeit einer Wiederholung. Und das will etwas heißen, zumal wenn man sich der aufdringlichen und jetzt reichlich komisch wirkenden Werbeslogans der pharmazeutischen Industrie während der schweren Monate entsinnt, worauf noch zurückzukommen sein wird.

Mit einem Wort, es fehlt völlig an maßgeblichen zusammenfassenden Arbeiten über eine Katastrophe, die uns damals wie einer jener Tornados gestreift hat, denen man euphemistischerweise nette Mädchennamen gibt. Man darf sich darauf verlassen, daß ich gewissenhaft nachgeforscht habe, zunächst, wenn auch nur kurz, in der Hamburgischen Staatsbibliothek und dann, nach meiner Übersiedlung hierher, in der hiesigen Bibliothek. Doch auch Anfragen der genannten Bibliotheken bei ihren Schwesterinstituten in Paris oder London blieben ganz negativ. Es gibt demnach noch keine einzige Dissertation, ganz gleich welcher Fakultät, über die Epidemie, immer vorausgesetzt, daß es sich um eine Epidemie handelte und nicht auch das nur eine beschönigende Bezeichnung ist. Nicht einmal die doch sonst so beliebten Kongresse oder Round-Table-Gespräche befassen sich mit dem Thema, und dabei sollte man doch annehmen, daß Wissenschaft und Journalistik mit Gier darüber herfallen müßten, sei es nun die Medizin, die sich doch um die Beseitigung von Syphilis, Tbc, Kinderlähmung und, um es nicht zu vergessen, um die Empfängnisverhütung so große Verdienste erworben hat. Oder sei es die Soziologie, die sich über die Sicherheit zukünftiger Lebens- und Arbeitsbedingungen genugsam den Kopf zerbricht. Oder schließlich die Theologie, ob uns das nun zusagt oder nicht, die das Thema doch bestimmt für ihre Zwecke ausschlachten könnte. Nichts dergleichen. Man hat sogar den Eindruck, als vermeide es die Wissenschaft geflissentlich, dies heiße Eisen – oder vielleicht sollte man lieber von einem um hunderte von Graden unter dem Gefrierpunkt liegenden Eisen sprechen, wenn man schon die alte Metapher gebraucht – anzupacken. So als ob das Thema tatsächlich tabu sei, und wer romantisch veranlagt ist, könnte auch an eine heimliche Verschwörung des Verschweigens denken. Vielleicht weil die Wissenschaft sich geniert, bis heute weder für den Beginn der Epidemie noch für ihr ebenso rätselhaftes Nachlassen eine auch nur einigermaßen brauchbare Erklärung gefunden zu haben. Die Wissenschaft stellt sich nicht gern selber in Frage, das weiß ich als Chemiker nur zu gut, und wenn ein gewisses Schamgefühl über ihr damaliges Versagen der Grund des Verschweigens ist, so besteht der Verdacht, daß auch dies Schamgefühl ein Phänomen ist, das vermutlich zur Epidemie gehört.

Der Mann auf der Hamburgischen Staatsbibliothek gab sich wirklich redliche Mühe, irgendwelche Abhandlungen für mich herauszusuchen, aber genau wie später bei Hilde merkte man, daß er über ein so ausgefallenes Interesse erstaunt war. Sicher hielt er mich für etwas verrückt und hat mit seinen Kollegen über mich komischen Kerl gesprochen. Er versuchte mich sogar abzulenken, indem er mich auf andre Epidemien hinwies, die doch so viel ergiebiger seien und über die ausreichende Arbeiten vorlägen, zum Beispiel auf die Cholerazeit in Hamburg Ende vorigen Jahrhunderts und auf die Grippe-Epidemie um 1917. Der Witz war, daß er es ehrlich meinte und mir zu einer vernünftigen Arbeit verhelfen wollte. Schließlich blieb ihm nichts andres übrig, als mich an das Statistische Landesamt und an die Zeitungsarchive zu verweisen, wenn auch nur, um mich loszuwerden.

So kommt es, daß ein großer Teil der nachfolgenden Angaben, soweit sie nicht auf persönlichen Erfahrungen beruhen, aus damaligen Zeitungsartikeln stammt, höchst unwissenschaftliche Belege also. Wenn man so eine alte Zeitung liest, muß man sich immer bewußt machen, daß es sich nicht um ein Witzblatt handelt. Die Zeitungsleser, sagt man sich, können doch das, was ihnen da vorgeschwindelt wurde, unmöglich geglaubt haben. Doch sie haben es geglaubt, das muß ich leider als Beteiligter bestätigen.

Was die Statistik betrifft, so weiß jedes Kind, daß sie auch dann noch funktioniert, wenn bereits alle andern behördlichen Maßnahmen zu funktionieren aufgehört haben. Ich erinnere nur an das Scherzwort, daß der letzte Mensch bestimmt ein Statistiker sein wird. Ob man das nun bedauert oder nicht, im Falle der Epidemie funktionierte auch die Statistik nicht mehr oder sagen wir, daß ihre sonst als absolut zuverlässig behaupteten Ergebnisse keineswegs stimmten und auch gar nicht stimmen konnten. Die Zahlen waren so falsch wie die Zahlen der Wahlergebnisse unter Diktaturen.

Auf dem Höhepunkt der Krise, zum Beispiel, wurde es untersagt, Bulletins über die Zahl der Opfer auszugeben, unter dem immerhin zu billigenden Vorwand, jede Panik zu verhindern. Die Bulletins waren nur denen zugänglich, die zu den Hilfsorganisationen gehörten, also auch mir. Wir Wenigen machten uns nichts vor, wir wußten, daß die Zahlen ungenau waren. Jeder einzelne von uns konnte aus seinem kleinen Bereich Fälle anführen, die in der täglichen Statistik nicht mitgezählt waren. Manchmal war es wohl auch tatsächlich kaum einwandfrei festzustellen, ob es sich um ein gewöhnliches Autounglück handelte oder ob der Wagen absichtlich gegen einen Baum oder den Abhang hinunter gelenkt worden war, obwohl die Häufung solcher Unfälle natürlich mißtrauisch machte.
Weit öfter jedoch kam es vor, daß die Angehörigen eines Opfers der Epidemie sich scheuten, Selbstmord als Todesursache zuzugeben. Es mag ihnen für die Erinnerung tröstlicher erschienen sein, an eine natürliche Todesursache zu denken – und war sie denn nicht auch in einem viel weiteren Sinne natürlich, möchte man fragen? – oder auch nur, um sich Selbstvorwürfe zu ersparen. Das war verständlich. Die Ärzte, die den Totenschein auszustellen hatten, pflegten damals sehr gefällig zu sein und bestätigten, wenn es nur irgendwie ging, eine einigermaßen glaubhafte Todesursache, und auch wir vom Bereitschaftsdienst ließen fünf gerade sein. Niemand machte uns daraus einen Vorwurf, auch die

Behörden nicht, denen nichts daran lag, die Statistik anschwellen zu lassen, und die selber in Verwirrung waren und die gewohnte Ordnung kaum aufrecht erhalten konnten. Auch in den Todesanzeigen in den Zeitungen war immer nur von einem ›tragischen Unglücksfall‹ oder vom ›unerbittlichen Schicksal‹ die Rede, das war, wenn ich nicht irre, sogar Vorschrift.
Und schließlich, um auch das nicht unerwähnt zu lassen, drückten in den Ländern, in denen unverständlicherweise Selbstmord immer noch als Delikt gilt, auch die Geistlichen beide Augen zu, weil sie die Mitglieder ihrer Kirchen nicht noch mehr beunruhigen wollten. Wenigstens auf dem Höhepunkt der Epidemie waren sie in der Beziehung nachsichtig, denn zu Beginn, als noch niemand recht wußte, um was es eigentlich ging, wurde allerdings von den Kanzeln gewettert und der Gemeinde Gottverlassenheit vorgeworfen oder was es bei solchen Anlässen sonst noch für Vokabeln geben mag. Ob nun eine christliche Beerdigung oder nicht, die Friedhöfe füllten sich so oder so, das sah die Geistlichkeit wohl ein, zumal auch aus ihren eigenen Reihen einige der Epidemie zum Opfer fielen.
Mit all dem soll nur erklärt werden, warum auf die Statistik kein Verlaß war. Dafür nahmen natürlich wie immer in Zeiten großer Unsicherheit Gerüchte und Flüsterpropaganda überhand. Es brauchte nur eine alte Frau einer andern zuzuflüstern: ›Haben Sie schon gehört?‹ und schon wurde das als Tatsache weiterkolportiert.

Das wird in andern Ländern genau so gewesen sein wie bei uns; soweit mir die Archive zugänglich waren, habe ich mich aus französischen und amerikanischen Zeitungen davon überzeugt. Man darf wohl davon ausgehen, daß Menschen und Institutionen trotz nationalen, ideologischen und rassischen Unterschieden bei solchen Katastrophen, die das Dasein radikal in Frage stellen, auf ähnliche Weise reagieren.
Hinzu kommen noch rein abstrakte politische Motive, die eine exakte Statistik nicht nur verhinderten, sondern sogar verboten, in etlichen Ländern wenigstens. Das erscheint uns heute, da wir mehr Überblick haben, kindisch, doch man muß mit der Mentalität der damaligen Jahre rechnen. Es wurden Dinge für wahr genommen, von denen wir annehmen, daß die Leute damals darüber gelacht oder mindestens mit den Achseln gezuckt haben müssen. Doch sehr wahrscheinlich geht es uns nicht anders und man wird schon morgen den Kopf über uns schütteln.
Auch wir unmittelbar Beteiligten verloren schon sehr bald jedes Interesse an Zahlen, denn was war uns schon damit geholfen. Zu Anfang schlossen wir vom Bereitschaftsdienst noch Wetten ab: Na, wieviel werden es heute wohl sein? Wir telefonierten mit den andern Unfallstationen und jemand schlug sogar vor, doch lieber gleich ein Wettbüro einzurichten wie bei Fußballspielen oder Pferderennen. Durch solchen Zynismus schützten wir uns gegen das, was wir tagtäglich zu sehen und zu hören bekamen, so muß

man es verstehen. Doch wie gesagt, schon sehr bald zählten wir nicht mehr. Wir hakten irgendeinen gleichgültigen Namen auf dem Formular ab und überließen die Addition andern Stellen. Ein Opfer mehr bedeutete nur mehr Arbeit für uns, worüber wir weidlichst schimpften.

3

Das alles mag als Erklärung für unsre damalige Gleichgültigkeit zutreffen, aber damit ist, worauf ich immer wieder hindeuten muß, nicht das geringste über die heutige Interesselosigkeit an Vorgängen gesagt, die den Bestand der Menschheit mehr in Frage stellten als beispielsweise die Kobaltbombe.

Ich sprach erst kürzlich mit einem Journalisten darüber, der wegen einer der üblichen Reportagen unser Werk besuchte und dem ich mit einigen chemischen Vokabeln aushelfen mußte, die seinem Artikel ein seriöses Aussehen geben sollten. Ich gebe die Unterhaltung, soweit das möglich ist, wörtlich wieder; sie fand in der Kantine statt.

Schön und gut, es handelt sich da nur um die Äußerung eines hartgesottenen Journalisten, dem beruflich nur daran lag, einen für den durchschnittlichen Zeitungsleser verständlichen Artikel in seinem Blatt unterzubringen. Seine Meinung braucht deshalb nicht maßgeblich zu sein, vor allem die Tonart nicht, aber da sich die Leute erst aus dem, was sie in der Zeitung lesen, eine Meinung bilden, mögen seine Äußerungen doch vielleicht einiges Licht auf die heutige Einstellung werfen.

Ich stellte die Frage nach der Epidemie nur ganz beiläufig während unsrer Unterhaltung über andre Dinge, aber seine Reaktion war typisch.
›Befaßt sich Ihr Saftladen mit dem Quatsch?‹ fragte er erstaunt, oder vielmehr mit journalistischer Wachsamkeit und so, als ob er befürchtete, daß ihm etwas entgangen sei.
›Nein, das nicht.‹
›Damit läßt sich doch auch kein Hund hinter dem Ofen hervorlocken.‹
›Aber es ist doch gar nicht so lange her.‹
›Mann Gottes, nicht lange her? Fünf oder sechs Jahre, wenn ich nicht irre. Alter Käse sozusagen. Wie soll denn das eine Schlagzeile hergeben?‹
›Sie bringen doch auch sonst geschichtliche Artikel.‹
›Nur an diesen stinkend langweiligen Gedenktagen. Das ist nur Füllsel, Menschenskind, wenn sonst nichts in der Welt passiert. Wir haben immer einen Haufen solchen Zeugs in der Schublade parat liegen für den Fall, daß wir Pech haben. Auch die Reportage über Ihren großartigen Saftladen, nehmen Sie es mir nicht übel, bringen wir nur wegen der ganzseitigen Anzeigen, die sich Ihre Leute etwas kosten lassen.‹
›Aber auf die Dauer können Sie doch die Epidemie nicht einfach verschweigen.‹
›Haben Sie eine Ahnung, was wir verschweigen können. Im Verschweigen beruht der ganze Trick einer lesbaren Zeitung. Was für Kindsköpfe seid ihr in euerm Labor! Wie nicht von dieser Welt. Bilden Sie sich etwa ein, daß alles von Farben

und Lacken abhängt? Haben Sie schon mal etwas von riesigen Ölvorkommen an der Küste von Vietnam gehört? Im Meer, glaube ich, wenn ich es recht kapiert habe. Ich auch nicht, bis ein amerikanischer Kollege es mir ins Ohr flüsterte, denn laut durfte er nicht darüber reden, sonst hätten sie den armen Kerl gelyncht. Da heißt es verschweigen, denn mit den Ölfritzen legen Sie sich lieber nicht an. Von der Verteidigung der westlichen Zivilisation können Sie reden wie Ihnen der Schnabel gewachsen ist und meinetwegen auch von Mao und von Asien den Asiaten, wenn Ihnen das besser paßt. Das wird gefressen und schadet den Börsenkursen nicht. Aber um Gotteswillen nicht von Öl. Man schickt doch keine Armeekorps wegen Öl in den Tod, noch dazu auf Kosten des Steuerzahlers. Und bitte, was ist denn da viel an Ihrer lächerlichen Epidemie zu verschweigen? Erinnern Sie mich bloß nicht an die Zeit, ich könnte noch heute vor Wut platzen. Was glauben Sie denn, wir würden ganze Waschkörbe voll Beschwerdebriefen und Abonnements-Kündigungen kriegen, wenn wir etwas über die miesen Ereignisse von damals drucken würden, von politischen und moralischen Vorwürfen ganz abgesehen, gleich von welcher Parteirichtung. Man würde uns Nihilisten und Unruhestifter nennen, und was das Schlimmste für eine Zeitung wäre, Langweiler. Eine Zeitung ist doch dazu da, sich zu verkaufen, das ist sozusagen ihr Grundgesetz, wozu denn sonst die Papierverschwendung? Glauben Sie, daß auch nur ein einziger von Ihrer Belegschaft hier zum Kiosk gelaufen wäre, um sich eine Zeitung zu kaufen, wenn es nicht zum Glück in der letzten Nacht einen anständigen Mord gegeben hätte? Diese Frau meine ich, die von einem Türken mit dem Küchenmesser erstochen und dann in den Kanal geschmissen wurde. So etwas zieht immer. Nicht wegen des blöden Mordes, aber daß der Kerl ein Türke war. Und selbst wenn es umgekehrt gewesen ist und die Frau ihrem Türken das Gemächte abgeschnitten hat, das macht nichts aus. Türke bleibt Türke. Natürlich ein Gastarbeiter, verstehen Sie. Darüber können die Frauen beim Einholen reden und die Männer im Büro. Die Leute müssen etwas zu reden haben, dazu ist die Zeitung da. Was meinen Sie, was sie sonst anstellen würden? Manchmal ist Flaute, so als ob es aus der Mode gekommen wäre, sich mit Küchenmessern umzubringen. Dann sitzen wir dumm da und zerbrechen uns unsre Köpfchen auf der Redaktion. Da helfen dann nur solche Füllsel. Doch zum Glück fällt meistens irgendwo ein Flugzeug runter; achtzig Tote, darüber läßt sich schon reden und dazu noch das Gefasel über die Sicherheitsmaßnahmen der Fluggesellschaften und derlei Quatsch. Oder von irgendeinem Lümmel wird eine Plastikbombe in den Bankraum geworfen und fliegt den unschuldigen Kunden um die Ohren. Sei bloß vorsichtig, wenn du auf die Bank gehst, wird jede Frau zu ihrem Mann morgens beim Weggehen sagen. Und auch nach

Wiedereinführung der Todesstrafe wird gleich geschrien werden. Na und neulich, Sie werden sich bestimmt noch daran erinnern, das war nun wirklich ein Glücksfall. Hut ab! Die Jungens haben Phantasie, das muß ihnen der Neid lassen. Hatten sie doch sage und schreibe eine Bombe auf der Damentoilette des Warenhauses versteckt. Das war ein gefundenes Fressen, darüber ließ sich mehrere Tage reden. Was für ein Glück, daß ich nicht gerade auf die Toilette mußte, wird jede Frau denken. Man hockt da friedlich und denkt sich nichts Böses, und plötzlich gibt es einen Knall und das Klosettbecken samt Wasserkasten fliegt in die Luft. Und wie sieht man aus, wenn die Rettungsmannschaft kommt! Welch eine Blamage! Halbangezogen und vielleicht hat man sich noch nicht einmal den Hintern geputzt. Und dann neuerdings diese Briefe, die explodieren, wenn man den Umschlag aufreißt. Die Brüder lassen sich schon was einfallen, sie sind auf der Höhe des technischen Fortschritts. Hochachtung, kann ich da als Zeitungsmann nur sagen. All die friedlichen Bürger wagen ihre Post nicht mehr zu öffnen aus Angst, daß ihnen der Liebesbrief ins Gesicht fliegt. Denen auf der Redaktion läuft schon jetzt das Wasser im Mund zusammen wegen der Großanzeigen, wenn die Industrie erst billige Durchleuchtungsapparate auf den Markt bringen wird, nur so für den Hausgebrauch. Das bringt Geld in die Kasse, davon leben wir. Doch mit Ihrer komischen Epidemie, die noch dazu

längst erledigt ist, wie wollen Sie damit ein Geschäft machen? Wissen Sie, was mein Chef sagen würde, wenn ich ihm mit einem solchen Vorschlag käme? Er ist ein gerissener Kopf, mit allen Wassern gewaschen, das kann ich Ihnen versichern. Wahrscheinlich würde er mich für verrückt halten und sogar hinauspfeffern, ich könnte ihm das nicht einmal übelnehmen. Der Mann hat Prinzipien, die man nur unterschreiben kann. Er würde sagen, was er uns auf Redaktionssitzungen schon oft gepredigt hat: Wir sind dazu da, dem Leser die Entscheidung und die Sorge des Nachdenkens zu ersparen, das ist unsre Pflicht, dieser Dienst an der Menschheit, dadurch verhindern wir ein größeres Unglück. Hören Sie mir überhaupt noch zu, Herr Chemiker? Wir sind Diener der Mehrheit, meine Herren, vergessen Sie das nie, denn wenn Sie den Grundsatz außer acht lassen, werden Sie das sofort an der schwindenden Auflagenhöhe unseres Blattes merken. Recht hat der Mann! Die Informationen müssen natürlich stimmen, sonst fällt die Konkurrenz gleich über einen her, aber die Akzentsetzung, meine Herren, darauf kommt alles an. Und da fragen Sie mich, warum wir nicht über Ihre geliebte Epidemie schreiben? Das kann doch nicht Ihr Ernst sein. Wieviel Tote hat es denn damals überhaupt gegeben?‹
›Schätzungsweise zwei Millionen.‹
›Schätzungsweise?‹
›Es fehlen die Zahlen aus marxistischen Ländern und zum Beispiel auch aus Indien.‹

›Da haben Sie es, nicht einmal mit den Zahlen klappt es. Gehen Sie mir bloß mit Ihrem schätzungsweise. Was ist denn das für eine Information? Keine Zeitung kann sich das leisten. Selbst wenn wir großzügig sind und den Marxisten und Indern noch zwei weitere Millionen anhängen, selbst dann wäre das ja nicht einmal der zehnte Teil der sechzig Millionen, die durch Hitler und den 2. Weltkrieg umgekommen sind. Wenn schon, denn schon, man hält sich doch lieber an die imponierendere Zahl. Und selbst mit den sechzig Millionen müssen wir verdammt vorsichtig sein, denn sofort würde jemand scharfschießen und beweisen, daß es nur achtundfünfzig Millionen gewesen sind. Gleich heißt es dann, wir übertrieben aus tendenziösen Gründen und unsrer Zeitung dürfe man keinen Glauben mehr schenken. Nicht einmal den ermordeten Türken würde man uns abnehmen. Und wozu überhaupt davon reden? Die sechzig Millionen werden dadurch ebensowenig wieder lebendig wie Ihre paar Toten. Lassen wir doch die Toten ruhen, wie unsre Großväter sagten. Die alten Knaben waren gar nicht so dumm.‹

›Was haben Sie denn während der Zeit gemacht?‹

›Was ich gemacht habe? Erinnern Sie mich bloß nicht an die Zeit. Gott verhüte, daß ich so etwas noch einmal erleben muß. In Paris war ich, ich war damals Korrespondent für unsre Zeitung, keine schlechte Sache an sich. Ja, denkst du! Wer konnte auch nur ahnen, daß selbst eine so vernünftige Stadt den Unfug mitmachen würde. Und wie hat sie ihn mitgemacht! Fast als hätte sie die Epidemie erfunden wie eine neue Mode. Stellen Sie sich so etwas vor, gleich zu Anfang, als sich noch niemand etwas Böses dabei dachte, bringen sich da in der Cité Universitaire dreizehn junge Leute auf einen Schlag um. Ja, ausgerechnet dreizehn, wie abgezählt, Jungens und Mädchen durcheinander. Und zwar in einer der Garagen, wo sie ihre Klapperkästen untergestellt hatten, meistens kleine Citroëns, diese Blechkisten, verstehen Sie. Sie hatten die Motoren laufen lassen und lagen da in ihren Wagen. Das soll ja verhältnismäßig schnell gehen und auch ganz schmerzlos sein, wie behauptet wird. Welch ein Knüller! Nichts wie hin, um die Bescherung in Augenschein zu nehmen. Die Polizei und die Verwaltung wollten es als einen Unglücksfall hinstellen, das hätte den Leuten so passen können, doch wir Journalisten ließen uns keinen Sand in die Augen streuen. Wir waren rechtzeitig zur Stelle, bevor die Polizei die Sgraffiti von der Wand abwaschen konnte. Die Kinder hätten eine Sex-Party veranstaltet, wollte man uns einreden. Schöne Sex-Party! Und wie erklären Sie uns die Wandmalereien da, meine Herren? Nichts da von Sex, nicht einmal die üblichen Parolen von Hegel und Marx. Klar und deutlich hatten die Kinder da an die Wand geschmiert, was sie vorhatten. Allerdings mit roter Farbe, sie müssen sich vorher einen roten Farbtopf besorgt haben, der wohl noch vom letzten Krawall übriggeblieben war. Schon das allein sollte doch jedem Idioten verraten, daß sie zielbewußt vorgingen, dazu braucht man kein Kriminalist zu sein, denn ein gewöhnlicher Sterblicher hat wohl kaum einen Topf mit roter Farbe zur Hand. Aber auch mit Kohlestücken hatten sie ihre Sprüche an die Wand gekritzelt, die Farbe reichte wohl nicht aus. Und was für Sprüche! Welch eine Begabung für Schlagzeilen! Da kann jeder Zeitungsmann nur blaß vor Neid werden. Schluss mit dem biologischen Schlendrian, stand da zu lesen. Oder: Wir haben alles ausprobiert und alles war Scheisse. Oder hören Sie sich das nur an: Mit eurer Altersfürsorge könnt ihr uns am Arsch lecken. Auch von einem grausamen Trick war die Rede, ich habe natürlich nicht alles im Kopf behalten. Nein! Nein! Nein! leuchtete es einem mit roter Farbe entgegen. Mit Trick meinten die Jungens vermutlich das Leben. Kurz und gut, deutlich genug, auch für damals deutlich genug, das werden Sie zugeben müssen. Und da lagen die jungen Leute kreuz und quer in ihren alten Karren. Welch ein Knüller für jede Zeitung, so meinten wir alle, auch ich meinte es. Das Leben ein biologischer Trick? Können Sie das überbieten? Ich raste nach Hause, schrieb sofort meinen Artikel und kabelte ihn an die Redaktion. Dafür werden sie dir die erste Seite zur Verfügung stellen, bildete ich mir ein, einen Orden wird man dir verleihen. Man konnte da doch auf die Mentalität des deutschen Zeitungslesers zählen. Jeder würde sich sagen: So was kann nur in Frankreich passieren, und dergleichen Blödsinn. Wie gesagt, ein Knüller! Ja, hat sich was mit Knüller. Stellen Sie sich vor, was statt dessen mit mir gemacht wird. Ich kriege schon gleich am nächsten Morgen per Fernschreiben eins reingewürgt, sogar mit Entlassung wurde gedroht. Ich sollte gefälligst nicht über so abwegige Dinge berichten, die der Tendenz der Zeitung widersprächen. Ich fiel wie aus allen Wolken. Tendenz der Zeitung? Die politische Tendenz meiner verehrten Redaktion war mir natürlich einigermaßen klar, doch was hatte diese Sensation mit Politik zu schaffen? Nun gut, heute begreife ich, die Brüder versuchten es mit der Verschweigetaktik, so wie ja auch die Pariser Polizei das versuchte. Aber damals! Doch was sollte ich machen, wenn ich meinen Posten nicht verlieren wollte. Etwa mich auf die Hinterbeine stellen? Selbstverständlich hielt ich die Schnauze, verzeihen Sie, und ließ die leckersten Fische wieder aus dem Netz, und was für leckere Fische. Junge hübsche Frauen, die sich vom Balkon auf die Straße stürzten. Lehrlinge, die sich mitten auf dem Boulevard mit Benzin übergossen und in Brand setzten. Sie machen sich keinen Begriff von der Verkehrsstockung. Eine wahre Pracht für jeden Reporter. Statt dessen mußte ich mich monatelang mit den landesüblichen Skandalgeschichten und Korruptionsaffären abquälen, die einem allmählich zum Halse heraushingen. Dazu mußte man sie damals noch mit der Lupe suchen, denn Skandale waren auffallend selten geworden. Sex zum Beispiel war plötzlich nicht mehr gefragt. Nicht einmal Theaterskandale gab es, da die Theater halb leer waren. Und glauben Sie nur ja nicht, daß ich etwas über den Exodus aus Paris nach der Côte d'Azur und nach der Bretagne berichten durfte, auch das mußte verschwiegen werden. So eine Zeit möchte ich nicht noch einmal durchmachen, der reine Tod für einen Journalisten. Na, ich habe es irgendwie hinter mich gebracht, fragen Sie mich nicht wie, und nach ein paar Monaten kam ja gottlob alles wieder ins Geleise. Und da wollen Sie, daß wir heute über diese verfluchte Zeit schreiben? Bester Mann, das wäre doch Selbstmord.‹

4

Mit dieser Tirade, der ich vielleicht allzu viel Raum gegeben habe, will ich nur ein Beispiel bringen, wie die Allgemeinheit heute den damaligen Ereignissen gegenüber eingestellt ist. Denn abgesehen von dem rein journalistischen Jargon, der mir nicht besonders sympathisch ist, dürfte die Einstellung typisch für die Denkungsart der meisten Menschen sein, die die Epidemie überlebt haben, das heißt für die Tendenz, das alles zu bagatellisieren und es sogar für unwürdig zu halten, ein Wort darüber zu verlieren. Darin ist sich alle Welt einig.

Hier wäre demnach endlich die Frage zu beantworten, was mich als einen der Wenigen – denn ich kann mir einfach nicht vorstellen, daß ich der einzige sein sollte, der sich Gedanken darüber macht, das wäre furchtbar. Nein, es muß auch noch andre geben, ganz gleich in welchem Land, nur daß sie sich verbergen und schweigen und in der Hinsicht wohl klüger sind als ich, obwohl ja auch ich im Grunde nur mit mir selber darüber rede – die Frage also, was ausgerechnet mich, einen ganz gewöhnlichen Chemiker, dazu berechtigt, meine Erinnerungen und persönlichen Erlebnisse aus der Zeit der Plage, die uns damals heimsuchte, für so maßgebend zu halten, daß es mich drängt sie aufzuschreiben. Man darf mir glauben, daß ich mir die Frage Nacht für Nacht selber stelle, denn schließlich bin ich heute wie damals doch nur ein Durchschnittsmensch und will mich mit dem allem nicht wichtig machen.

Berechtigt? Wie anmaßend das allein schon klingt. Ich bin doch nur einer von den Unzähligen, die zufällig überleben durften, jeder von ihnen könnte von seiner Sicht aus das berichten, was ich hier berichte. Daß die Geschehnisse mein Privatleben entscheidend berührten, worüber noch zu reden sein wird, es dürfte sich kaum vermeiden lassen, ändert im Grunde nichts daran. Es dürfte genügend andre Leute geben, die nicht weniger schwer davon betroffen wurden. Das einzige, was mich von ihnen unterscheiden mag, ist, daß ich das alles nicht vergessen kann und vielleicht nicht einmal vergessen will. Das gibt mir kaum eine Berechtigung, darüber zu reden.

Ich sage das nicht aus falscher Bescheidenheit oder Ziererei. Ich bleibe mir eben nur bewußt, daß es viele andre geben muß, die weit besser darüber schreiben könnten als ausgerechnet ich.

Ich bin, das wurde schon ein paar Mal erwähnt, Chemiker. Damals war ich der jüngste Assistent im Hygienischen Institut, neunundzwanzig Jahre alt. Warum ich nach dem Examen nicht gleich in die Industrie gegangen bin, die ja immer Bedarf an Chemikern hat und sie auch besser bezahlt als der Staat, läßt sich schwer sagen, und es spielt auch keine Rolle. Vielleicht hatte ich mich von Professor Sch., meinem verehrten Doktorvater, dazu überreden lassen, der mir wohl keine große Selbständigkeit zutraute, vielleicht auch nur aus Bequemlichkeit, denn ich war schon verheiratet und wir hatten zwei Kinder.

Unsre Tätigkeit im Hygienischen Institut war nun wirklich alles andre als interessant, mehr oder weniger war es reine Routinearbeit. Wir hatten zum Beispiel regelmäßig den Fettgehalt der Milch zu überprüfen, wozu keine großen Kenntnisse gehören, und wenn es irgendwo in der Stadt Salmonellen-Vergiftungen durch den Genuß von Eis oder tiefgekühlten Lebensmitteln gab, wurden wir mit der Untersuchung betraut. Selten, daß uns die Polizei bei Kriminalfällen einen Mageninhalt zur Analyse gab, meistens wurden sie in ihrem eigenen Labor damit fertig.

Es war ein reines Beamtendasein, Arbeits- und Freizeit waren auf die Minute geregelt und auch die Pensionsberechtigung stand fest. Mir kam, um ehrlich zu sein, überhaupt nicht die Idee, diese Art Existenz und ihre Sicherheit anzuzweifeln. Das wundert mich nachträglich, denn ich war doch noch jung. Fehlte es mir an Ehrgeiz? Doch wie schon gesagt, das spielt keine Rolle mehr.

Mein Vater ist übrigens Vertreter für pharmazeutische Produkte gewesen, deshalb bin ich vermutlich darauf gekommen, Chemie zu studieren. Er starb schon vor der Epidemie.

Die Zusammenarbeit mit den Kollegen im Institut war sehr angenehm. Das war vor allem unserm damaligen Chef Dr. C., einem witzigen Kopf, zu verdanken, der sich dauernd über unsre Tätigkeit lustig machte, so daß niemand sich wichtig nahm und keine Pedanterie aufkommen konnte. Chemiker neigen wohl überhaupt mehr als andre Berufe dazu, sich über ihre Wissenschaft zu mokieren.

Das taten wir denn auch nach Kräften, als die ersten Anzeichen der Epidemie auftraten, die natürlich noch niemand als Epidemie begriff, und das Hygienische Institut ich weiß nicht mehr von welcher Behörde aufgefordert wurde, sich damit zu befassen.

›Sollen wir uns auch noch um lebensmüde Frauenzimmer kümmern?‹ schrie Dr. C., als er das Rundschreiben gelesen hatte, das dazu noch mit dem Stempel ›Geheim‹ versehen war. ›Was verlangt man denn noch alles von einem alten Chemiker!‹

Wir nahmen die Sache nicht ernst, das darf uns niemand zum Vorwurf machen, denn alle Welt nahm sie nicht ernst.

Aber schon sehr bald bekamen wir mehr damit zu tun, und zwar wurden uns die sogenannten Verhütungs- und Heilmittel, die von der Industrie in Fülle auf den Markt geworfen wurden, zur Untersuchung auf ihre Gesundheitsschädlichkeit hin übergeben. Das brachte viel Arbeit. Unsrer Art nach machten wir uns natürlich darüber lustig, besonders über die Phantasienamen und die chemischen Formeln auf den Verpackun-

gen, womit die Leute konfus und zum Kaufen angeregt werden sollten.
Als dann die Epidemie immer mehr um sich griff, wurde in allen Stadtteilen ein Bereitschaftsdienst eingerichtet, der im Grunde, wie sich bald herausstellte, nur darin bestand, die Opfer so rasch wie möglich aus dem Blickfeld verschwinden zu lassen. Dazu wurden Freiwillige aufgerufen. Man brauchte außer Ärzten und Krankenträgern auch Chemiker, obwohl es sich später zeigte, daß es für einen Chemiker nicht das geringste dabei zu tun gab. Das konnten die Behörden zu Beginn nicht wissen, und da ich mich nun einmal gemeldet hatte, blieb ich bis zum Schluß dabei.
›Schicken wir doch unsern Jüngsten als Tröster der Frauen hin‹, rief Dr. C., ›das dürfte wirksamer sein als Chemie.‹ Es tut mir weh, solche Äußerungen hier zu wiederholen, denn gerade ich dürfte das nicht, doch ich will damit nur schildern, wie wir damals eingestellt waren.
Was meine persönlichen Kenntnisse betrifft, so beziehen sie sich nur auf Hamburg. Hamburg ist keine Weltstadt der Größe und Bedeutung nach, einige reden sogar von einer sterbenden Stadt, was böswilliges Geschwätz sein mag. Immerhin, wenn man all die Satellitenstädte ringsherum, die außerhalb der künstlichen Stadtgrenze liegen und deren Bewohner sowieso ihr Brot in Hamburg verdienen, dazu rechnet, bestand das Konglomerat damals schätzungsweise aus zweieinhalb bis drei Millionen Seelen.

Wir vom Hygienischen Institut kümmerten uns schon überhaupt nicht um abstrakte Landes- oder Verwaltungsgrenzen. Die Milch zum Beispiel, die wir zu überprüfen hatten, kam ja von Molkereien in der Provinz. Und erst recht für den Bereitschaftsdienst existierten solche Grenzen nicht, wir wurden nur zu oft nach außerhalb gerufen, wenn Not am Mann war. So darf wohl Hamburg trotz allem als Modell einer Großstadt gelten für das, was in den meisten Städten passierte, beziehungsweise für das, was die Epidemie an Maßnahmen veranlaßte.
In meinem besonderen Fall kommt noch hinzu, und dabei habe ich wieder meine sogenannte Berechtigung, über diese Dinge zu berichten, im Auge, daß ich in meiner Eigenschaft als Angehöriger des Bereitschaftsdienstes mehr Einblick in das, was vor sich ging, hatte als andre Leute. Damit meine ich nicht einmal in erster Linie, daß ich täglich, oder sagen wir genauer, nächtlich die Opfer der Epidemie zu Gesicht bekam, sondern vielmehr, daß ich Zugang zu den Akten, Statistiken und Meldungen aus aller Welt hatte, zu Fakten also, die von den verantwortlichen Behörden vor der Öffentlichkeit streng geheimgehalten wurden. Uns wurde sogar geraten, die Akten jeden Morgen oder in den Pausen zwischen den Einsätzen zu studieren, damit wir über den Umfang der Plage Bescheid wüßten und auch deshalb, um uns über ungewöhnliche Todesarten zu orientieren, mit denen wir unter Umständen zu rechnen hatten.

Das war keine angenehme Lektüre, die meisten von uns gaben sich auch gar nicht erst damit ab. Die Meldungen und das Anschwellen der Zahlen beunruhigten uns nicht weiter, wir taten alle so, als ob uns das wenig beträfe. Das muß als Reaktion gegen das, was wir in unserm Dienst sehen mußten, verstanden werden. Niemand hätte das lange ausgehalten, ohne sich mit Gleichgültigkeit zu wappnen.
Und sehr bald waren wir auch viel zu müde.

5

Was mich betrifft, so las ich zwar die Akten und Statistiken, verhielt mich aber sonst genauso gleichgültig wie die Kameraden. Es war eine Art Sich-Totstellen. Heute wundre ich mich, daß mir so etwas möglich war, doch vielleicht tut man das instinktiv, denn bewußt vornehmen läßt sich das wohl kaum. Und möglicherweise muß man auch für so einen Zustand nachträglich bezahlen, aber das mögen andre entscheiden.
Was aus den Kameraden vom Bereitschaftsdienst geworden ist, vor allem aus denen, die während der Krise täglich und nächtlich um mich herum waren, weiß ich nicht. Ich habe keinen von ihnen wiedergesehen und möchte das auch weiterhin vermeiden. Nicht zuletzt deswegen bin ich aus Hamburg weggezogen. Sollen wir etwa mit dem üblichen ›Weißt du noch damals ...?‹ am Stammtisch von unsern Erinnerungen schwatzen so wie die langweiligen alten Kerle, die nicht aufhören können, mit ihren Kriegserlebnissen zu prahlen? Womöglich mit einer Fahne auf dem Tisch, in die unsre Einsatznummer gestickt ist?
Unsre Einsatznummer war übrigens Dreiundzwanzig. Da haben wir wieder eine Zahl, ohne das geht es wohl nicht. Ich habe sie so oft über

Lautsprecher und Sprechfunk gehört, daß ich noch jetzt manchmal aus dem Schlaf hochschrecke. Und selbst als Hausnummer ist mir die Zahl unangenehm.
Trotzdem frage ich mich manchmal, was wohl aus ihnen geworden ist und wie sie sich wieder eingewöhnt haben, und sei es auch nur, um mich selbst zu kontrollieren. Besonders an zwei oder drei von ihnen denke ich, mit denen es einen gewissen persönlichen Kontakt gab, obwohl wir uns bemühten so zu tun, als ob das nicht der Fall sei, schon der andern Kameraden wegen, vor allem aber, um nicht neugierig zu erscheinen und dem andren zu nahe zu treten. Vielleicht, wenn es sich macht, werde ich über sie noch reden, nicht aus Indiskretion, sondern nur um unsre Situation begreiflicher zu machen.
Aber es wäre ein erschreckender Gedanke, einem von ihnen zufällig auf der Straße zu begegnen und der Frage ausgesetzt zu sein: ›Na, alter Junge, wie geht's denn dir? Fein, daß wir uns mal wiedersehen.‹ Wenn auch die, die ich meine, diese zwei oder drei, eine solche Frage kaum stellen würden, ebensowenig wie ich sie das fragen würde.
Doch die Möglichkeit ist vorhanden, selbst in einer fremden Stadt. Ich glaube, ich würde vor Schreck in den Boden versinken, so albern das klingen mag. Darum pflege ich auch wachsam durch die Straßen zu gehen und die Entgegenkommenden schon von ferne zu beobachten, um nicht überrascht zu werden und im Ernstfall

rasch in einem Hauseingang verschwinden zu können. Selbst wenn ich mit Hilde zusammen durch die Straßen gehe, kann ich von dieser Wachsamkeit nicht lassen. Sie hat es sogar gemerkt und sich mit Recht darüber lustig gemacht, wenn sie auch den Grund nicht kennt. Aber etwa von einem der andren hören zu müssen: ›Sieh da, du hast also doch wieder geheiratet. Recht hast du!‹, das wäre furchtbar.

Damit soll keineswegs behauptet werden, daß die Epidemie mir persönlich einen schlimmeren Schlag versetzt habe als andern Menschen. Mir sind zwar ähnliche Fälle nicht bekannt geworden, doch das will nicht sagen, daß sie nicht trotzdem passiert sind. Sich mit dergleichen aufspielen zu wollen, wäre doch recht schamlos und würde auch nur bedeuten, daß das Unglück einen gar nicht so tief berührt hat.

Wenn ich dennoch und ungeachtet meiner eigenen Bedenken davon spreche, so nicht aus Wichtigtuerei, sondern weil mein Fall, mag er nun schlimmer sein als andre Fälle oder nicht, die Entsetzlichkeit der Epidemie und wie unausweichbar völlig gesunde Menschen damals der Ansteckungsgefahr ausgesetzt waren, weit deutlicher demonstriert als hunderttausend andre Fälle. Auch die Überlegung, ob ich das Unglück hätte verhindern können, fällt dabei ins Gewicht.

Wie schon erwähnt, ich war damals verheiratet. Wir haben sehr jung geheiratet. Wir hatten auch zwei Kinder, ein Mädchen von dreieinhalb Jahren und einen kleinen Bengel, der noch nicht ganz zwei war. Meine Frau war Sekretärin gewesen und wollte sich auch später wieder betätigen, sobald die Kinder erst mehr herangewachsen waren. Sonntags fuhren wir in unserm kleinen Volkswagen mit den Kindern ins Freie oder zum Baden. Auch mit der kleinen Wohnung, einer Zweieinhalbzimmer-Wohnung, waren wir zufrieden, sie machte nicht allzuviel Arbeit und gleich nebenan gab es genügend Einkaufsmöglichkeiten.

Wir waren glücklich, auch meine Frau war glücklich, das glaube ich sagen zu dürfen. Jedenfalls konnten wir uns unser Leben nicht anders vorstellen. Gewiß, wir hatten Pläne für später, wenn ich erst mehr verdiente. Ein eignes Haus am Stadtrand in gesünderer Luft und mit einem kleinen Garten für die Kinder. Auch einen etwas größeren Wagen wollten wir uns anschaffen, aber deswegen machten wir uns keine Sorgen, das würde schon alles von selber kommen.

Glücklich? Ich sehe förmlich, wie die Leute den Mund verziehen. Es ist ja Sitte geworden, sich über so einen Begriff zu mokieren. Die Leute sagen, man sei doch deshalb noch nicht glücklich, nur weil alles in Ordnung ist, wie es genannt wird. Das mag sein, ich will nicht darüber streiten. Trotzdem wähle ich den Ausdruck, denn ich glaube nicht, daß meine Frau unglücklich war und daß ich mir Vorwürfe zu machen habe, weil ich es nicht gemerkt habe und alles für selbstverständlich nahm, wenn ich abends nach Haus kam und mit den Kindern spielte, bis sie zu Bett gebracht wurden. Manchmal gab es Streit, das ist klar, aber deswegen ist man noch lange nicht unglücklich. Nein, so schwer sich so etwas aussprechen und noch dazu hinschreiben läßt, ich glaube nicht, daß ich mich einer besonderen Taubheit meiner Frau gegenüber anklagen müßte. Es ließen sich sogar reichlich Beweise anführen, daß sie zufrieden war oder wenigstens keinen Grund zur Unzufriedenheit mit ihrem Dasein hatte, aber das wäre vermessen.

Selbstverständlich hatte ich es vorher mit meiner Frau besprochen, denn wir besprachen alles, ob ich mich freiwillig zum Bereitschaftsdienst melden sollte. Es gab dadurch ja auch für sie erhebliche Änderungen im Tagesablauf. Sie war anfangs dagegen, ›das ist doch nicht deine Aufgabe‹, meinte sie, vor allem aber wohl, weil sie die Sache nicht für sonderlich wichtig hielt. Aber da keine finanziellen Nachteile damit verbunden waren, im Gegenteil, es gab eine recht gute Zulage für den Nachtdienst, und da mir meine Stellung erhalten blieb, das alles war gesetzlich geregelt, hatte sie schließlich doch nichts dagegen. ›Vielleicht ist das mal etwas andres für dich‹, meinte sie.

Der gewohnte Tagesablauf kam allerdings dadurch in Unordnung. Ich kam meistens erst morgens nach Haus, denn die Mehrzahl der Todesfälle ereignete sich nachts oder noch genauer gesagt in den frühen Morgenstunden. Ich war dann ziemlich erschöpft und schlief bis mittags. Sicher mußten die Kinder dann leiser sein als üblich und auch meine Frau vermied es, mich durch Saubermachen und Staubsaugen zu wekken. Am späten Nachmittag mußte ich schon wieder in den Dienst, wenn man mich nicht schon vorher anrief und ich gebeten wurde einzuspringen, denn wir waren oft reichlich überlastet.

Zweifellos war das lästig für meine Frau und entsprach wohl kaum dem, was sie sich unter einer normalen Ehe vorstellte. Ich habe jedoch nie bemerkt, daß sie sich durch diese andre Tageseinteilung, von der wir obendrein wußten, daß sie nur vorübergehend sein würde, bedrückt fühlte. Trotzdem bleibt die Frage: Bin ich schuld an allem, weil ich sie nachts allein ließ?

Über das, was ich während meines Dienstes erlebte, sprachen wir kaum, das war wie eine stille Übereinkunft. Meine Frau sah mich höchstens prüfend an, wenn ich nach Haus kam, und ich meinerseits gab mir Mühe zu zeigen, wie froh ich war, wieder mit ihr zusammen zu sein. Mit andern Worten, ich gab mich nie deprimiert, mochte ich noch so müde sein, und ehrlich gesagt, ich war auch nicht einmal deprimiert, mochte das, was mir über Nacht zu Gesicht gekommen war, auch noch so deprimierend gewesen sein. Ich war eben nur müde. Auf keinen Fall also kann ich durch mein Verhalten eine Depression bei meiner Frau verursacht haben, das ist es, was ich damit sagen möchte.

Sicher sprachen wir zuweilen über die Epidemie, das tat alle Welt. Zum Beispiel berichtete mir meine Frau, was sie beim Einholen in den Läden von andern Frauen gehört hatte. Oder daß sie in einer der Nachbarstraßen einen der Unfallwagen mit Blaulicht stehen gesehen habe, und auch das nur, weil sie einen Moment gedacht hatte, mich vielleicht darin zu entdecken, obwohl ich an sich nicht in unserm Stadtteil eingesetzt wurde. Solche Bemerkungen fielen aber nur ganz beiläufig, es war nur eine Unterhaltung zwischen Mann und Frau. Schon wegen der Kinder verbot es sich, daß wir über die furchtbaren Geschehnisse sprachen. Die Kinder übrigens, nicht unsre, die waren noch zu klein, spielten sehr bald auf der Straße Selbstmord und Bereitschaftsdienst mit ihren Blockwagen; sie bekamen zu viel zu sehen, es ließ sich nicht alles vor ihnen verbergen.

Nichts deutete darauf hin, daß meine Frau die Epidemie besonders ernst nahm, das taten die meisten Menschen nicht, bis sie selber davon betroffen wurden. Sie hatte mich einmal gefragt, ob sie den Kindern etwas zum Einnehmen gegen die Ansteckungsgefahr geben solle, aber ich sagte ihr, diese angepriesenen Mittelchen seien nichts als Geschäftemacherei und außerdem seien Kinder überhaupt nicht gefährdet. Damit war der Fall offenbar auch für sie erledigt.

Der Tag vor der Katastrophe, oder wie immer man es nennen will, ist, soweit das möglich war, genau von mir rekonstruiert worden. Mir lag begreiflicherweise daran festzustellen, wo meine Frau sich die Ansteckung geholt haben könnte, oder wenn es sich nicht um Ansteckung handelte, was ja die Wissenschaft bis heute noch nicht einwandfrei herausgefunden hat, was der Anlaß zu dem Stimmungsumschwung, oder welche Bezeichnung man sonst dafür vorzieht, gewesen ist.

Um es gleich vorauszuschicken, die Nachforschungen haben nichts ergeben, was zur Erklärung des Unglücks dienen könnte. Und wenn ich auch das schon jetzt hinzufügen darf, diese Nicht-Erklärbarkeit, dies völlige Fehlen einer Begründung, ist das Erschreckendste an allem. Ich habe nur ein einziges Mal mit einem vom Bereitschaftsdienst darüber gesprochen, ohne meinen persönlichen Fall zu erwähnen, aber darauf werde ich noch zurückkommen, wenn es mir gelingen sollte, diesen Bericht zu Ende zu schreiben.

Meine Frau war vormittags, während ich schlief, wie üblich mit den Kindern zum Einholen gegangen, der Kleine natürlich in seiner Karre und das Mädchen an der Hand. Die Geschäftsstraße mit den Läden ist ja gleich um die Ecke. Sie hatte nicht nur Lebensmittel eingekauft, Milch, Brot, Fleisch, Obst und was sonst noch – das alles fand sich dann im Kühlschrank –, sondern hatte sich im Ausverkauf sogar noch ein Herbstkostüm gekauft, und sicher hatte sie es doch vorher anprobiert. Und um es nicht zu vergessen, in einem Ramschladen daneben hatte sie noch zwei billige Kaffeetassen erworben, zum täglichen Gebrauch, um das gute Geschirr, ein Hochzeitsgeschenk von irgendwelchen Verwandten, für besondere Gelegenheiten zu schonen. Beim Abspülen unter dem Heißwasserhahn stieß man leicht ein Stück Porzellan ab, darüber hatten wir oft gesprochen, und auch wegen der Kinder ging leicht etwas kaputt. Ich erwähne diese Alltäglichkeiten, die sicher manchem überflüssig erscheinen, nur deshalb, um zu zeigen, daß sie an jenem Tag genauso wie immer für den nächsten Tag vorsorgte, oder wenn man will, für die Zukunft. Nichts deutete darauf hin, daß sie etwa des Lebens, das wir führten, überdrüssig war.

Auch die Verkäufer und Verkäuferinnen in den Läden, die später befragt wurden – nicht von mir, das ist klar, denn das war mir nicht möglich; ich habe mich in der Straße, in der wir gewohnt hatten, kaum mehr sehen lassen, sondern von Kollegen und auch von der Tante meiner Frau – wußten nicht zu berichten, daß sie einen deprimierten oder nervösen Eindruck gemacht habe. Die Alte im Obstladen soll gerufen haben: ›So eine vergnügte junge Frau! Das war jedesmal wie ein Sonnenstrahl, wenn sie in den Laden kam, wo doch heute alle so brummig sind. Und die reizenden Kinder! Wer hätte das erwartet.‹ Selbstverständlich braucht man keinen großen Wert auf solche nachträglichen Aussagen zu legen.

Das Herbstkostüm hatte meine Frau mir nachmittags, als ich aufstand, gezeigt, aber da ich in

Eile war, denn man hatte angerufen, daß man mich brauchte, hatte ich nur gesagt: ›Ja, sehr hübsch‹, und weiter keine Notiz davon genommen. Sollte sie das gekränkt haben? Hielt sie es für ein Zeichen von Gleichgültigkeit und daß mir nichts daran lag, wie sie sich anzog? Manchmal verändern ja solche Geringfügigkeiten die Situation, es ist daher durchaus nicht ganz von der Hand zu weisen, daß ich, ohne mir dessen bewußt zu sein, so sehr von dem, was mir der Bereitschaftsdienst auferlegte, absorbiert war, daß meine Frau sich vernachlässigt fühlte. Wer will das jetzt noch beantworten? Hat es überhaupt Sinn, danach zu fragen?

Das Herbstkostüm hing dann, als es so weit war, auf einem Kleiderbügel an der Wäscheleine auf dem hinteren Balkon. Sogar das Preisschild war noch daran, darauf war der Originalpreis dick durchgestrichen und der ermäßigte Preis darunter gesetzt, wie das Geschäfte zu tun pflegen, um die Frauen anzulocken. Wahrscheinlich hatte meine Frau, wie ich sie kenne, das Kostüm dorthin gehängt, um den Ladengeruch auslüften zu lassen, sie war sehr ordentlich.

Auf dem Balkon sah ich das Kostüm zum ersten Mal mit Bewußtheit, es war von der Zimmerbeleuchtung angestrahlt. Ich erschrak sogar. ›Was soll denn das da?‹ fragte ich die Leute, die mich herbeigerufen hatten. Im ersten Augenblick dachte ich, daß vielleicht noch jemand bei uns zu Gast sei. An dies Kostüm, ich kann mir nicht helfen, das nie getragen worden war und nur höchstens einmal im Geschäft anprobiert wurde, und wie es da nun auf dem Balkon hing und leicht hin und her wehte, muß ich oft denken. Es war aus grobgewebtem Stoff, eine Art Tweed vermute ich, denn ich kenne mich da nicht aus, dunkelrot, und mit eingewebten Karos, möchte ich als Laie sagen.

Und noch einmal bitte ich um Verständnis, daß ich den Namen meiner Frau nicht nenne. Es geschieht nicht aus Heimlichtuerei, bestimmt nicht, und auch nicht aus falscher Sentimentalität oder gar aus Selbstbemitleidung, sondern ihretwegen. Ich habe eine unüberwindliche Scheu, anders kann man es nicht nennen, wenn auch einem Chemiker solche mystischen Gefühle schlecht anstehen, sie mit Namen wie eine Zeugin oder gar wie eine Angeklagte aufzurufen. Das hieße ja ihr die Schuld zuschieben wollen, um sich selber freizusprechen, und das wäre eine bodenlose Niedertracht. So behalte ich ihren Namen für mich, um sie vor allen billigen Vorwürfen zu schützen.

Und wer sagt uns, ob es nicht vielleicht schon viel zu anmaßend ist, überhaupt von Schuld zu sprechen, aber das müssen andre entscheiden.

Ich wurde morgens um 1 Uhr achtzehn über Sprechfunk gesucht. Die Uhrzeit steht genau fest, sie wurde bei uns immer sofort notiert. Ich wurde aufgefordert, sofort und auf schnellstem Wege nach Haus zu fahren, weil man mich dort brauchte. Mehr wurde über Sprechfunk nicht gesagt, doch die Andeutung genügte.

Ich saß in einem der Einsatzwagen, wir kamen gerade aus Wandsbek, einem Vorort von Hamburg, zurück. Hinten im Wagen hatten wir ein Opfer der Epidemie liegen, einen jungen Mann, der sich mit Cyankali umgebracht hatte, wie leicht am Mundgeruch festzustellen war, dazu bedurfte es keiner chemischen Kenntnisse. Woher er das Zeug hatte, das für einen gewöhnlichen Sterblichen nicht leicht zu beschaffen ist, das herauszufinden war nicht unsre Aufgabe, dafür waren andre Stellen zuständig, denn natürlich forschte man damals nach der Herkunft rezeptpflichtiger Gifte. Für uns war es nichts als ein Routinefall. Ein grausames Wort, das sehe ich ein, denn jeder Fall ist ein Einzelfall und keine Routine, doch man muß unsre damalige Lage in Betracht ziehen.

Mit Genehmigung der Zentrale brachte mich unser Einsatzwagen zu mir nach Haus, denn an sich war das nicht unser Stadtteil. Doch es kam nicht darauf an, ob wir unser Opfer eine halbe Stunde früher oder später im Leichenhaus ablieferten. Keiner der Kameraden sprach während der Fahrt etwas, sie hatten alle begriffen, um was es ging. Der Fahrer fuhr in rasendem Tempo durch die nächtlichen Straßen. Übrigens war es uns schon seit einiger Zeit untersagt, die Sirene zu benutzen, um die Bevölkerung nicht zu beunruhigen. Wir fuhren immer nur mit dem blauen Blinklicht.

Laut Fahrtenbuch kamen wir um 1 Uhr siebenundvierzig vor unserm Haus an. Ein andrer Einsatzwagen mit Blaulicht stand davor, und trotz der späten Stunde hatten sich auf der andern Straßenseite allerhand Zuschauer angesammelt. Das waren wir gewohnt. Vor allem aber fiel auf, daß sämtliche Fenster im Haus von oben bis unten hell erleuchtet waren, allerdings sah man auch in den Fenstern gegenüber Licht, wenn auch nicht so hell, und aus einigen beugten sich Gestalten heraus.

Ich bedankte mich bei den Kameraden und sprang aus dem Wagen, der sofort weiterfuhr. Wenn ich nicht irre, legte der, der neben mir gesessen hatte, noch seine Hand auf meinen Arm, bevor ich hinaussprang, doch gesagt hat keiner von ihnen etwas. Was sollte da jemand auch sagen, es wären nur Redensarten gewesen.

Die Leute, die da herumstanden, hielten mich für einen vom Bereitschaftsdienst, den man noch schnell aus irgendwelchen Gründen zu Hilfe gerufen hatte. Die Haustür stand weit offen, sie war durch einen Holzkeil festgestellt, damit sie nicht wieder zuschlug. Solche Holzkeile führten wir stets in den Einsatzwagen mit uns, sie hatten sich als praktisch erwiesen, vor allem wegen der Tragbahren.

Im Treppenhaus roch es nach Gas, ein mir von vielen Einsätzen nur zu bekannter Geruch.

Wir wohnten im zweiten Stock. Die Wohnungstüren standen überall offen, ob zur Lüftung oder nur, weil die Bewohner neugierig waren, läßt sich nicht mehr sagen. Auch das Dreiminutenlicht im Treppenhaus hatte jemand durch ein Streichholz festgeklemmt, so daß es nicht ausgehen konnte. Das taten wir immer.

Oben auf der Treppe zum dritten Stock standen auch Leute auf den Stufen, doch ein Polizist paßte auf, daß sie nicht weiter herunter kamen und sich in unsre Wohnung drängten. Auch mich wollte er zurückhalten, da er mich natürlich nicht kannte, aber jemand von der Treppe sagte: ›Das ist doch ihr Mann‹, und so ließ er mich durch.

Auf dem kleinen Flur mit der Garderobe kam mir der Arzt entgegen, er wollte gerade weggehen, seine Aufgabe war erledigt. Ich kannte ihn nicht, oder vielleicht kannte ich ihn doch, aber ich sah es an seiner Tasche, daß er der Arzt war. Ein junger Mann, kaum älter als ich. Die meisten Ärzte, die mit uns fuhren, waren junge Assistenzärzte, es war mehr eine Formsache, das sagte ich wohl schon, denn um den Tod festzustellen, brauchte man nicht Medizin studiert zu haben, das konnten wir selber.

Er sagte: ›Leider nichts mehr zu machen, mein Junge. Kommen Sie, trinken Sie erst einen Schnaps.‹ Er wollte mich tatsächlich erst in die Küche zum Kühlschrank lotsen, aber da hörte ich Musik aus dem Wohnzimmer. Operettenmusik, glaube ich, so spät nachts haben sie wohl so ein Programm im Radio. Ein Frauenzimmer sang einen von diesen altmodischen Schlagern. Zufällig kannte ich ihn, weil meine Mutter ihn

manchmal am Küchenherd gesummt hatte, als wir noch Kinder waren.
›Was soll denn das?‹ fragte ich den Arzt.
›Sie hat es wohl vorher angestellt, um Musik beim Einschlafen zu haben. Das geschieht zuweilen, das wissen Sie ja selbst. Wir haben alles so gelassen, bis Sie kommen. Na, stellen wir das Ding ab.‹
Ja, er sagte ›Einschlafen‹, das ist mir im Gedächtnis geblieben. Er blieb an meiner Seite, vermutlich hatte er Angst, ich würde umkippen. Erst als er merkte, daß nichts dergleichen zu befürchten war, ging er. Das war auch ganz in Ordnung, es gehörte nicht zu unsern Pflichten, uns auch noch um die Angehörigen zu kümmern; dazu fehlte es uns an Zeit und dafür waren die Ärzte aus der näheren Umgebung da.
Alle Fenster standen offen, es war eine entsetzliche Zugluft. Und dabei war meine Frau doch so empfindlich gegen Zug, sie bekam so leicht Neuralgien davon, besonders auf der linken Seite des Gesichts. Wirklich, ich möchte den sehen, der bei so einer Gelegenheit umkippt. Man denkt an die Zugluft und auch an die Gardinen, die zum Fenster hinauswehen, wenn sie sich irgendwo festhaken, können sie leicht einen Riß kriegen. Und dazu noch die Lichtverschwendung in allen Zimmern. An was soll man denn sonst denken? Und vor allem liegt einem doch daran, daß all die fremden Leute endlich die Wohnung verlassen. Welch einen Schmutz tragen sie herein, man hat morgen nur die Arbeit davon, man wird

gründlich Staubsaugen müssen. Auch die Wohnungstür müßte endlich wieder geschlossen werden, was geht die Nachbarn da auf der Treppe unser Privatleben an.
Dabei können wir noch von Glück sagen, daß nichts Schlimmeres passiert ist. Jeder weiß doch, wie leicht es zu einer Explosion kommen kann, wenn eine Wohnung voller Gas ist. Es sind schon ganze Häuser davon in die Luft geflogen. Es braucht nur einer auf den Klingelknopf zu drükken oder arglos das Licht anzuknipsen, schon springt der Funke über und es gibt eine Explosion. Uns vom Bereitschaftsdienst hatte man davor gewarnt, wir benutzten beim geringsten Verdacht von Gasvergiftung immer nur unsre Taschenlampen.
Meine Frau aber hatte den Kühlschrank laufen lassen, daran hatte sie wohl nicht mehr gedacht, obwohl sie sonst an alles gedacht hatte. Beim Anspringen des Kühlschranks hätte es leicht ein Unglück geben können, doch es war noch einmal gutgegangen, vielleicht auch deshalb, weil die Luft in der Küche nicht genügend mit Gas gesättigt war.
Die Mieter über uns, ein älteres Ehepaar, waren spät nach Haus gekommen wegen der Geburtstagsfeier bei ihrem Sohn. Ich kannte sie nur vom Grüßen auf der Treppe. Sonst pflegten sie immer schon gegen elf zu Bett zu gehen, wir konnten es unten hören, wenn der Mann seine Stiefel auszog und hinstellte. Das Haus war sehr hellhörig, auch wir mußten uns oft wegen der Kinder ent-

schuldigen. Das mit den beiden alten Leuten über uns hat man mir nachher erzählt, wahrscheinlich die Tante meiner Frau, denn ich selber habe nicht mit ihnen darüber gesprochen, wozu auch.
Ob sie schon im Treppenhaus den Gasgeruch bemerkt hatten oder erst oben in ihrer Wohnung, weiß ich nicht. Häufig dringt ja der Gasgeruch durch die Heizungsanlage oder die Wasserrohre und vor allem auch durch die Entlüftung in der Toilette nach oben. Jedenfalls waren die beiden beunruhigt, sie waren wieder einen Stock tiefer gegangen und hatten an unsrer Wohnungstür geklingelt. Ohne an die Gefahr zu denken, wie sollten sie auch, daraus kann man ihnen keinen Vorwurf machen. Sie haben dann auch noch an die Tür gepocht, da sie hörten, wie drinnen das Radio lief, das beunruhigte sie. Erst als niemand sich rührte, hatten sie die Polizei alarmiert, die dann sachgemäß vorging.
Daß es zu keinem größeren Unglück kam, ist allein der Sorgfalt meiner Frau zu verdanken, denn im Flur und in den übrigen Räumen gab es nicht genügend Gas, um zu einer Explosion zu führen.
Nur die Kammer in der sogenannten zweieinhalb Zimmer-Wohnung war vergast. Die Kammer, in der die Bettchen der Kinder standen und wo sie auch ihre Spielsachen hatten, lag direkt neben der Küche. Wir mußten nachts, wenn es in der Küche noch etwas zu hantieren gab, immer sehr leise sein, damit es die Kinder nicht weckte, denn die Zwischenwand war nur sehr dünn.

Nun besaßen wir einen schmalen roten Gummischlauch, er hing, soweit ich zurückdenken kann, seit jeher aufgerollt an einem Wandhaken im Keller. Nach meiner heutigen Schätzung wird er fünf oder sechs Meter lang gewesen sein, doch ich habe ihn nicht nachgemessen und habe ihn meines Wissens auch nie in der Hand gehabt. Meine Frau muß ihn schon mit in die Ehe gebracht haben, wozu sie ihn früher gebraucht hatte, könnte ich nicht sagen, vielleicht zu irgendeinem altmodischen Wäsche- oder Einmachtopf. Der Schlauch gehörte eben zu den Dingen, die aus Gründen, die kein Mensch mehr feststellen kann, übrigbleiben, obwohl niemand Verwendung dafür hat. Es wäre wahrscheinlich besser, wenn man solche Dinge gleich wegwürfe.
Und wann meine Frau den Schlauch aus dem Keller geholt hat, ob erst in jener Nacht oder schon vorher, ist auch nie geklärt worden. Möglich, daß ich ihn wegen des Bereitschaftsdienstes und wegen meiner Müdigkeit nicht in der Wohnung beachtet hatte.
Diesen Schlauch hatte sie an den Hauptgashahn am Küchenherd angeschlossen. Wie sie das fertiggebracht hat, ist ein Rätsel, denn eine so große Spezialzange, um damit die Schraubenmutter am Zuleitungsrohr zu lösen, gab es in unserm Handwerkskasten nicht. Vielleicht hatte sie einmal beim Hausputz entdeckt, daß die Schraube nicht ganz fest angezogen war.
Sie hatte das eine Ende des Schlauches sogar

etwas aufschneiden müssen, da er zu schmal war, um ihn über das Gewinde zu ziehen. Dort hatte sie ihn dann mit einem Bindfaden festgebunden, so daß er nicht abrutschen konnte, und sogar mit Leukoplast umwickelt, damit dort kein Gas ausströmte.

Die Männer vom Bereitschaftsdienst zeigten mir das alles, weil ich ja auch einer von ihnen war und in solchen Dingen einige Erfahrung hatte. Ich tat auch so, als ob ich zu ihrer Einsatzgruppe gehörte und mich das alles nur wegen des kurzen Berichts, den wir nachher aufsetzen mußten, interessierte. Das war das einfachste für sie und für mich, so brauchte niemand überflüssige Worte zu machen. Präzise Antworten auf präzise Fragen und damit Schluß. Vielleicht gibt es noch eine Akte über den Fall, doch das ist nicht meine Sache und geht nur die Behörden an.

Leukoplast hatten wir für alle Fälle immer in dem kleinen Apothekerschrank im Badezimmer liegen, die Schachtel, in der es sich befand, hatte meine Frau sorgsam wieder in das Schränkchen zurückgelegt. Aber im Abfalleimer neben dem Herd, das zeigten mir die Männer, wurden die Straminfetzen gefunden, die sie von der Klebseite des Pflasters abgerissen hatte. Meine Frau ließ nichts herumliegen.

Den Schlauch hatte sie dann vorsichtig, damit er nicht vom Gasrohr abrutschte, von der Küche um den Türpfosten ins Nebenzimmer gelegt, das heißt in die Kammer, so weit reichte er gerade. Und zwar unter der Kammertür durch, dort

klemmte er natürlich etwas, aber nicht genug, um das Ausströmen des Gases zu verhindern. Die Türen haben ja meistens unten einen Schlitz, damit sie sich auch schließen lassen, wenn man einen Läufer ausgelegt hat. Diesen Schlitz hatte meine Frau noch sorgfältig mit einem Stück grünen Schaumgummis abgedichtet. Es war der restliche Streifen von einem Sitzkissen für den Küchenstuhl; den Streifen wird sie aufgehoben haben, um gelegentlich das Balkonfenster damit abzudichten. So kam es also, daß sich das Gas nur in der Kammer ansammeln konnte, wodurch eine Explosion durch das Anspringen des Kühlschrankes verhütet wurde.
Die Kinder lagen friedlich in ihren Gitterbettchen. Meine Frau hatte daneben gesessen, und zwar in einem kleinen Korbsessel, in dem für gewöhnlich die Puppen und Teddys der Kinder saßen. Sie muß dann, als es so weit war, vom Stuhl geglitten sein. Als ich in die Wohnung kam, hatte man sie natürlich auf dem Boden ausgestreckt, um sie abzuhorchen und wegen etwaiger Wiederbelebungsversuche. Sie hatte ihren warmen blauen Morgenrock an und darunter nur ein Nachthemd. So wurde sie dann auch weggetragen, die beiden Kleinen auf derselben Tragbahre. Meine Frau wog nicht viel.
Wenn ich das alles so kaltschnäuzig erzähle, wird man annehmen, ich sei bereits abgestumpft gegen solche Tragödien gewesen, da ich ähnliches während meiner Tätigkeit reichlich zu sehen bekommen hatte. Das mag auch sein, doch ich glau-

be es nicht einmal, obwohl ich mich für meine Kühle nicht entschuldigen will. Der Grund dafür ist ein andrer. Es gab nämlich etwas weit Erschreckenderes, wenn der Ausdruck in diesem Zusammenhang erlaubt ist. Nicht meine Frau und die Kinder, wie sie da in der Kammer lagen, kommen mir vor Augen, wenn ich an das Unglück denke, dann schon eher das neue Kostüm, das auf dem Balkon hing, wie ich schon berichtete. Von dem andren, was ich das Erschreckendere nenne und was mich beinahe aus der Fassung brachte, spreche ich nur ungern, doch leider muß es wohl sein.

In der Küche war nämlich schon der Frühstückstisch für die Kinder gedeckt. Das tat meine Frau immer schon abends zuvor, da sie morgens mit dem Waschen und Anziehen der Kleinen genug zu tun hatte, und außerdem sollte ich nicht geweckt werden, da ich um die Zeit schlief.

Da stand also das Kindergeschirr auf dem Wachstuch bereit, die kleinen Suppenteller mit den Seehunden, die zum Vorschein kamen, wenn die Grütze ausgelöffelt war, und die Becher mit den Bären. Auch die beiden Lätze für die Kinder lagen ordentlich neben den Tellern, und selbstverständlich stand der Kinderstuhl für den Jüngsten am Tisch.

Um ein Haar hätte ich gerufen: ›Wer hat sich denn den schlechten Scherz erlaubt?‹, aber ich konnte es mir gerade noch verkneifen, denn es war doch klar, daß die Leute es so vorgefunden und so gelassen hatten. Wie sollten Fremde auch

wissen, wie der Tisch gewöhnlich gedeckt wurde, welche Teller und so weiter und in welcher Tischschublade die Lätze für die Kinder lagen. Das hätte ich mir gleich sagen können, aber im ersten Augenblick war ich viel zu erschrocken.
Meine Frau muß demnach doch, während sie den Tisch für die Kinder deckte, des Glaubens gewesen sein, daß am nächsten Morgen alles so sein würde wie immer. Warum hätte sie sich sonst die Mühe gemacht? Erst danach muß die Ansteckung sie befallen haben, wenn es sich um Ansteckung handelt, was ja immer noch niemand weiß. Oder hat sie vielleicht im Radio etwas gehört, was den Stimmungsumschwung verursacht hat? Ich habe mir die Mühe gemacht, das Radioprogramm durchzusehen, aber nichts Besonderes für die entscheidenden Stunden entdeckt. Doch das besagt wenig, es kann ja irgendein Satz gefallen sein, auf den niemand sonst achtet, ein ganz nebensächlicher Satz, der alles zum Einstürzen bringt. Das soll vorkommen. Dem Rundfunk kann man deswegen keine Vorwürfe machen.
Und warum hat meine Frau den Tisch mit dem Kindergeschirr nicht wieder abgedeckt, als sie andern Sinnes wurde? Sie war doch sonst in allen Dingen auf Ordnung bedacht und tat lieber einen Gang zuviel. Hat sie es vergessen, weil sie mit der Befestigung des Schlauches zu viel zu tun hatte?
Wir werden das nie wissen. Die Frage bleibt offen, und das ist von allem das Erschreckendste.

6

Man wird mir vorwerfen, daß ich meinem persönlichen Schicksal zu breiten Raum in einem Bericht gewähre, der ausschließlich der Epidemie gelten soll. Mancher wird wohl sogar sagen: ›Na ja, der Mann hat eben Pech gehabt, darum regt ihn die Sache so auf.‹

Daran stimmt nur soviel, das soll zugegeben werden, daß mein privates ›Pech‹, um es einmal so zu nennen, mir die Augen für vieles geöffnet hat, was ich sonst kaum wahrgenommen hätte. Oder man könnte es auch so ausdrücken: ich bin damals über meine Jahre hinaus plötzlich gealtert. Man verstehe das richtig, ich meine damit, daß ich mich plötzlich ›außerhalb‹ befand, wenn ich es auch nicht sofort merkte. Ich dachte zuerst, das geht vorüber, das ist nur eine Folge deines Erlebnisses, du wirst schon darüber hinwegkommen. Hauptsache, daß einem andre nichts anmerken, das würde nur alles erschweren. Du mußt so reden und mußt dich so geben wie alle, dann fällst du nicht auf und gehörst zu ihnen, denn schließlich sind sie doch die Normalen, nach denen die Welt reguliert wird.

Das tat ich denn auch und tue es noch heute. Ich

höre mir an, was sie sagen, ich nehme an ihren Unterhaltungen teil und zeige mich interessiert, und wenn es nötig ist und sie meine Meinung wissen wollen, tue ich ihnen den Gefallen und werfe ein Wort dazwischen, damit sie mein Stillschweigen nicht etwa für Opposition oder gar für Hochmut halten. Und so schwer ist es ja nicht, ein passendes Wort für sie zu finden. Trotzdem habe ich manchmal den Verdacht, daß sie mich nicht für voll nehmen und mir mißtrauen.

Erst ganz allmählich, obwohl ich mich nach Kräften dagegen wehrte und allerhand Dummheiten beging, um es nicht zugeben zu müssen, gewöhnte ich mich an den Zustand, außerhalb zu sein. Gewöhnen ist sogar zu viel gesagt, aber immerhin habe ich mich damit abgefunden, daß dies nun einmal der mir angemessene Zustand ist, an dem nichts mehr zu ändern ist. Schon daß ich im Gegensatz zu allen andern Menschen immer noch an die Epidemie denke, die schon fünf Jahre zurückliegt, und inzwischen sind weiß Gott genügend aufregende Dinge passiert, die uns alle angehen, das allein kennzeichnet mich doch als einen, der nicht richtig dazugehört. Kein noch so guter Wille und keine Sehnsucht ändern etwas daran.

Für dies ›Außerhalb‹ haben Philosophen oder Psychologen bestimmt genauere Bezeichnungen. Ich meinerseits will damit nur zum Ausdruck bringen, daß ich weder ›links‹ noch ›rechts‹ war, um die politischen Einteilungen zu benutzen, denn wenn ich das gewesen wäre, hätte ich ja anstandslos dazugehört, sondern eben ›außerhalb‹, was weit unerlaubter zu sein scheint als sich extrem links zu gebärden. Deshalb empfiehlt es sich, sich ein linkes oder rechtes Ansehen zu geben, so wie man sich ja auch in seiner Kleidung nach der Mode richtet, wenn man nicht will, daß die Leute mit dem Finger auf einen zeigen.

Außerhalb sozusagen der eigenen Zeit zu existieren, die mitzuleben eine Pflicht oder wenigstens eine natürliche Gegebenheit ist, hat doch, wenn man die Bücher unsrer Väter und Großväter um Rat fragt, von jeher als ein Kennzeichen für Altsein gegolten.

Es ist schwer für einen, der in solchen philosophischen Überlegungen nicht geschult ist, sich richtig verständlich zu machen. Darum halte ich mich lieber an kleine alltägliche Beispiele. Wenn ich zu den Hauptverkehrszeiten morgens ins Werk und nachmittags zurückfahre – denn den Wagen überlasse ich Hilde und ihrer Mutter, mit der U-Bahn und dem Autobus komme ich genauso gut an mein Ziel –, scheint es so, als ob ich nur aus Versehen und wie ein Fremder in das Gedränge geraten sei. Das ist auch heute noch so. Oder wie einer, der die Sprache des Landes nicht beherrscht, in das er geraten ist.

Selbstverständlich gebe ich acht, daß ich niemanden anrempele oder sonst irgendwie belästige. Vielleicht gebe ich sogar zu sehr darauf acht, denn alle andern drängeln doch einfach, um noch mitzukommen, und suchen nach einem Platz und einem Griff ohne lange nachzudenken, und das ist ihr gutes Recht.

Kurz, ich möchte unsichtbar bleiben und es soll keiner meinen, daß ich ihn beobachte und etwas von ihm will. Ich blicke in solchen Fällen auf die Reklamebilder, die an die Wand und an die Fenster der Wagen geklebt sind, obwohl ich sie schon tausendmal gesehen habe.

Trotzdem fällt mir auf, wie angespannt die Gesichter sind, so als ob ihnen etwas weh tut, ja, eher als ob sie die Fremden wären und nicht ich. Haben sie etwa berufliche Sorgen? Das kann doch nicht sein, denn die meisten sind Angestellte, und alles ist geregelt. Haben sie Ärger zu Haus? Aber doch nicht alle, das kann unmöglich so sein.

Vor allem bei den jüngeren Menschen fällt einem das auf, und bei den jungen Mädchen noch mehr als bei den Männern, die wenigstens ihre Zeitung mit den Sportnachrichten in der Tasche haben, und wenn sie darüber reden, lockern sich ihre Gesichtszüge sogar. Aber die jungen Mädchen sitzen oder stehen mit so verkrampften Gesichtern herum, daß sie einem leid tun, und man hat Angst, daß sie zu früh Falten kriegen. Dabei sind sie doch alle hübsch angezogen und wirtschaftlich geht es ihnen besser als früher, daran kann es also nicht liegen. Und sie haben noch dazu mehr Freiheit, glücklich zu sein, als ihre Mütter und Großmütter.

Ich machte Hilde einmal darauf aufmerksam, doch sie lachte mich aus. ›Was du für Sorgen hast! Die dummen Dinger werden schon ihren Weg machen, besser als du und ich. Und für die Falten gibt es genügend Kreme zu kaufen. Warum erfindest du in deinem Labor nicht noch eine dazu? Dann können wir uns zur Ruhe setzen.‹

Ich hatte ihr natürlich verschwiegen, weshalb mich die verkrampften Gesichter der Mädchen beunruhigten. Nicht wegen der Falten, was gingen die mich schon an, sondern weil ich solche glücklosen Gesichter schon einmal gesehen hatte und nun denken mußte, daß solche Menschen besonders anfällig für die Epidemie sind, falls sie je wieder auftreten sollte, was der Himmel verhüte.

Dabei fällt mir eine Bemerkung ein, die allerdings schon damals gemacht wurde, wenn auch nicht zu mir, ich stand nur zufällig dabei, als sie fiel. Das Thema muß schon damals in der Luft gelegen haben. Der, der sie machte, gehörte nicht zu unsrer Einsatzgruppe, aus welchen Gründen er sich in der Nacht bei uns aufhielt, weiß ich nicht mehr. Nachher erkundigte ich mich nach ihm. Er war Studienassessor, nicht älter als ich, aber das ist unwichtig. Er sagte zu irgend jemand: ›Erlösen Sie doch die Kinder von der Freiheit, dann haben Sie es geschafft. Denn die Freiheit ist langweilig und es gehört mehr Disziplin dazu, sie zu ertragen, als man einem Menschen zumuten darf.‹

So ungefähr. Die Bemerkung fällt mir jetzt wieder ein. Ob sie stimmt, will ich hier nicht unter-

suchen. Der Mann hatte schließlich Pädagogik studiert, verstand also mehr davon als ich.
Überhaupt haben solche Erwägungen nur insofern einen Zusammenhang mit meinem Bericht über die Epidemie, als ich mir einbilde, daß eigentlich jeder, der die Krise überlebt hat, sie anstellen müßte. Daß das eine falsche Annahme von mir ist, habe ich schon oft genug betont.
Doch endlich zurück zu meinem Bericht.
Mir ist nie bekannt geworden, ob sich ähnliche Fälle zugetragen haben, ich meine, daß eine junge gesunde Frau ohne nachweisbaren Kummer freiwillig samt ihren kleinen Kindern aus dem Leben geschieden ist, soweit man von freiwillig reden darf. Ich habe auch nicht danach geforscht, denn was wäre das schon für ein Trost gewesen. Möglich dürfte es immerhin sein, und wenn so etwas bekannt war, werden die Kameraden mir es verschwiegen haben.
Im Bereitschaftsdienst boten mir die Leute rücksichtsvollerweise an, und zwar gleich nach dem Ereignis und noch in derselben Nacht, meine Tätigkeit aufzugeben. Aber ich lehnte das Anerbieten ab. Die Epidemie stand auf dem Höhepunkt, wir waren dauernd im Einsatz und ich wollte die Kameraden nicht im Stich lassen. So blieb ich denn bis zum Schluß dabei und niemand sprach mich jemals auf mein Unglück hin an.
Das klingt so, als wolle ich mit einem lobenswerten Pflichtbewußtsein prahlen, so war es jedoch nicht. Wer von uns dachte damals schon

an Pflicht! Wir taten, was notwendig war, und wir taten es übermüdet.
Man halte mich nicht für gefühllos, weil ich einfach weitermachte, wie gesagt, noch in derselben Nacht, als ob nichts passiert wäre. Es war damals für mich das einzig richtige, täglich und nächtlich für den Abtransport der Opfer zu sorgen, so als handle es sich um Müllabfuhr. Dies häßliche Wort war damals tatsächlich unter uns im Schwange, so wie noch viele andre Kraftausdrücke.
Die Wohnung allerdings, in der das passiert war, habe ich nie wieder betreten, auch in der Gegend habe ich mich nicht mehr sehen lassen. Den Wohnungsschlüssel und eine Vollmacht gab ich der Tante meiner Frau, damit sie den Hausstand auflöste. Auch unser Sparbuch gab ich ihr für etwaige Auslagen, denn die Tante lebte von einer kleinen Rente. Die Möbel kamen teilweise auf den Speicher bei einem Spediteur. Die Kinderbetten und die Kleidung meiner Frau wurden verkauft oder dem Roten Kreuz geschenkt. Wie gesagt, das alles wurde von dieser Tante erledigt, ich bat sie, ganz nach Gutdünken zu handeln und mich um Gotteswillen nicht erst zu fragen.
Nach dem Abflauen der Epidemie hätte ich natürlich ins Hygienische Institut zurückkehren können, das Recht stand mir zu. Doch ich wollte vermeiden, daß die Kollegen im Laboratorium, die selbstverständlich von meinem Unglück erfahren hatten, mich schonend behandelten. So suchte ich mir in einer andern Stadt eine Stellung

in der Industrie, und zwar die, die ich noch heute innehabe, weshalb sollte ich wechseln. Auf die Weise hatte ich nur mit fremden Menschen Umgang. Und anders hätte ich auch Hilde nie kennengelernt.

Während der restlichen Monate, die die Epidemie noch dauerte, schlief ich in der Schule, die man für den Bereitschaftsdienst zur Verfügung gestellt hatte. Eine alte Volksschule aus roten Ziegeln in der Innenstadt, unglaublich häßlich. Die Schulen waren ja während der Epidemie geschlossen. Aus der sogenannten Aula hatte man einen Gemeinschaftsraum oder eine Art Kantine für uns gemacht. In den Klassenzimmern standen Betten, Pritschen und Spinde für uns. Die meisten von uns gingen nach dem Dienst nach Haus, so hatte ja auch ich es bis dahin gehalten, nur ein paar wenige, die wohl kein rechtes Zuhause hatten, waren für die Zeit ganz in die Schule übergesiedelt.

Auch mit einem Psychiater habe ich übrigens niemals über meine Frau gesprochen, was hätten mir seine Erklärungen schon genützt. An sich gab es ein paar psychiatrisch ausgebildete Leute unter uns, die Möglichkeit hätte ich daher gehabt. Diese sogenannten Psychiater wurden zwar mehr nur für die wenigen Fälle gebraucht, bei denen der Selbstmord mißlungen war und die Betreffenden durch Magenauspumpen, Spritzen oder was auch immer noch gerade rechtzeitig wieder ins Leben gebracht werden konnten. Das kam zuweilen vor, wenn auch nicht sehr häufig.

Die Psychiater waren damals selber ratlos, wie ich vermute. Ihre Theorien machten alles noch komplizierter, und Theorien entstehen ja bekanntlich immer erst hinterher, wenn es zu spät ist. Die fremdsprachigen Vokabeln, mit denen sie die Epidemie zu erklären versuchten, hinderten niemand daran, sich umzubringen. Das böse Wort Müllabfuhr war da schon treffender.

Natürlich versuchte ich trotzdem eine Erklärung für alles zu finden, wenn ich auf meiner Pritsche lag, das ließ sich einfach nicht vermeiden. Die Kameraden saßen in den Pausen zwischen den Einsätzen in der Kantine und spielten Karten. Es wäre sicher besser gewesen, ich hätte mitgespielt, aber ich verstehe leider nichts von Karten, darum ließ man mich in Frieden.

Nur um anzudeuten, auf welche ausgefallenen Ideen einer kommt, wenn er allein über alles nachdenkt, will ich noch folgendes erwähnen.

Mir kam, während ich da auf meiner Pritsche lag, die Erinnerung an einen Roman, den ich als junger Mann in irgendwelchen Ferien gelesen haben muß, denn als Chemiker nimmt man sonst kaum Romane zur Hand. Den Titel weiß ich nicht mehr, vielleicht war der Roman von Strindberg, nach dem, was mir Hilde über den Mann gesagt hat.

In dem Roman war die Rede von dem Haß älterer, schon lang verheirateter Eheleute aufeinander. Das war mir auch nur deshalb aufgefallen, weil ich an meine Eltern denken mußte, die sich meines Wissens nie gehaßt hatten. Trotzdem weckte der Mann, der das Buch geschrieben hatte, jetzt nachträglich Zweifel in mir, sehr zu meinem Ärger. Ich hatte geradezu eine Wut auf ihn. Solchen Unsinn darf man nicht schreiben.

Er behauptete, man dürfe sich nicht durch den liebenswürdigen Spott täuschen lassen, mit dem ältere Eheleute voneinander sprächen. Der Spott solle nur den abgrundtiefen Haß verbergen, den sie füreinander empfänden. Sie haßten sich gegenseitig, weil sie immer noch aneinander gebunden wären, und wegen des überflüssigen Daseins, das sie immer noch führen müßten. Die Schuld dafür gab natürlich jeder dem andern. Bei Tisch, wenn sie sich gegenüber saßen, konnten sie es kaum ertragen, wie der andre kaute und schluckte, am liebsten hätten sie sich die Teller mit dem Essen ins Gesicht geschmissen. Statt dessen zwangen sie sich zu sagen: ›Schmeckt es dir?‹ und ›Wie wunderbar das wieder von dir zubereitet ist‹ oder dergleichen.

Und dieser Haß sei das einzige, was die beiden noch zusammenhielte, behauptete der Mann, die einzige Beschäftigung, die ihnen das Leben noch einigermaßen lebenswert machte. Sicher aber könne so ein Haß einmal Gewalt über sie bekommen, und dann bringe einer den andern um oder so ähnlich.

An diesem lächerlichen Beispiel sieht man, daß ich damals doch sehr viel verwirrter war, als ich es äußerlich zugab. Es hätte doch nur einer ganz geringen Überlegung bedurft, daß die verrückte

Behauptung dieses Mannes auf uns nicht zutraf. Wir waren nur etwas über vier Jahre verheiratet, meine Frau war jung, und von Haß konnte keine Rede sein.
Aber damit endlich Schluß.

7

Wie schon erwähnt, wurde die Zunahme der Selbstmorde zu Beginn der Epidemie nicht weiter ernst genommen, und zwar in der ganzen Welt nicht. Es trifft uns also nicht der Vorwurf, daß wir in dieser Beziehung nachlässiger als andre Länder gewesen wären. Wer dachte schon an eine Epidemie, so etwas konnte doch in zivilisierten Ländern gar nicht mehr vorkommen. Es läßt sich nicht einmal sagen, wann die Bezeichnung Epidemie aufgekommen ist, möglicherweise erst nachher.
Im Lokalteil der Tageszeitungen wurde in allerhöchstens zwei oder drei Zeilen berichtet, daß da und da ein Toter gefunden worden sei und daß die Polizei einwandfrei Selbstmord festgestellt hatte. Manchmal wurde es auch ›Freitod‹ genannt, ein seltsames Wort. Wer liest schon so etwas? Allenfalls die paar Menschen, die die Zeitung von A bis Z einschließlich Heiratsannoncen und Anzeigen durchzulesen pflegen, weil sie nichts besseres zu tun haben. Auf der ersten Seite der Zeitung gab es ja stets genügend aufregendere Nachrichten mit fetten Überschriften, Kriege und Attentate, Erdbeben und Flugzeugunglücke und dazu noch die wie üblich

hochgespielten Korruptions-Skandale. Wenn noch dazu gerade Wahlen vor der Tür standen, konnten sich die Leser über die Vorwürfe, die der Gegenpartei gemacht wurden, ereifern. Wen interessiert da schon ein kleiner Selbstmord mehr oder weniger.

Zur Entschuldigung wäre allerdings anzuführen, daß die Epidemie nach einer ersten, nicht allzu beängstigenden Zunahme der Selbstmorde dann wieder für zwei oder drei Monate abflaute, so als ob sie Kräfte sammle, bis sie dann mit voller Wucht einsetzte. Über dies An- und Ab- und dann Wieder-Anschwellen ist viel gerätselt worden, einige behaupteten, es sei jahreszeitlich bedingt. Den Beweis dafür blieb man schuldig.

Das erste Blatt, wenn ich nicht irre – man muß bedenken, daß ich damals keinerlei Anlaß hatte, die Angelegenheit zu verfolgen –, war eine große Schweizer Tageszeitung, die dazu Stellung nahm, vermutlich die Neue Zürcher Zeitung, doch ich kann mich nicht mehr genau erinnern. Sie brachte in ihrer Samstags-Beilage einen längeren Artikel über das Problem, sogar mit Zahlen. Ich glaube, der Bericht stammte von dem Stockholmer Korrespondenten der Zeitung.

In dem Artikel hieß es unter andrem, daß sich in Schweden ein Komitee gebildet habe, und zwar auf Grund einer kirchlichen Initiative, das sich mit der allgemeinen Ratlosigkeit der Menschen befassen wolle. Abgesehen von einigen soziologischen Hinweisen auf spezifisch schwedische Verhältnisse, auf Alkoholismus in den sogenannten

Schlafstädten und ähnlichem, waren auch statistische Angaben über die Zunahme der Selbstmorde im vergangenen Jahr mitabgedruckt, und zwar nicht nur allein für Schweden, sondern auch für die USA und für London. Es wurde angeregt, eine weltweite Organisation ins Leben zu rufen, an der auch Laien beteiligt werden müßten, da es sich ja offensichtlich um ein internationales Problem handle. Von der Schweiz, und daß auch dort möglicherweise die Selbstmordquote gestiegen wäre, wurde höflicherweise nichts erwähnt.
Es war reiner Zufall, daß mir diese Schweizer Zeitung vor Augen kam. Welcher Chemiker in Hamburg liest schon Schweizer Zeitungen, und ich war sowieso kein großer Zeitungsleser, es genügte mir zu wissen, ob man irgendwo wieder einen neuen Krieg angezettelt hatte. Doch einer vom Hygienischen Institut brachte die Zeitung mit ins Laboratorium, und so wurde darüber diskutiert. Vielleicht war der, der die Zeitung morgens gekauft hatte, selbst ein Schweizer oder seine Frau war eine Schweizerin. Nein, er selber wird es gewesen sein, denn ich erinnere mich, daß ihm jemand über den Labortisch zurief: ›Na, bei euch in der Schweiz kann natürlich so eine Schweinerei nicht vorkommen.‹ Dabei versuchte er noch, den Schweizer Dialekt nachzuahmen.
Der Artikel wirkte auf uns in keiner Weise alarmierend. Nur um zu illustrieren, wie wir im Labor damals darüber dachten, sei die Bemerkung wiedergegeben, die einer von uns machte. Statt noch ein Komitee mehr zu bilden, meinte

er, sollte man den Selbstmördern lieber ein Staatsbegräbnis mit allem Drum und Dran versprechen, denn diese Burschen lösten ja das Problem der Übervölkerung mit ihrer Methode weit radikaler, als wir das mit allen unsern Pillen und sonstigen Verhütungsmitteln vermöchten. Das war unsre Einstellung damals.
Das erste Alarmzeichen gab eine Zeitung aus der Deutschen Demokratischen Republik, doch wie unverständlich es heute allen, die die schwere Zeit erlebt haben, erscheinen mag, der sogenannte Westen fühlte sich nur politisch alarmiert und nicht etwa, weil es ihm um das wirkliche Problem ging. Was die Politiker bei uns in Harnisch brachte, war ein großaufgemachter Artikel mit der Überschrift: DER KAPITALISMUS IST LEBENSMÜDE. Darin wurden auch wieder Zahlen aus allen Großstädten der Welt gebracht, sogar Hamburg wurde darin zum ersten Mal als eine der Städte genannt, in denen die Selbstmorde zunahmen.
Ganz gleich ob die Zahlen stimmten oder nicht, darauf kam es der Zeitung und dem Artikelschreiber auch gar nicht an, sie wurden nur propagandistisch ausgewertet. Was jeder Marxist vorausgesehen hätte, so hieß es, sei nunmehr eingetreten. Das kapitalistische System habe das Volk bis zum Lebensüberdruß ausgebeutet, zuletzt noch mit seinem betrügerischen Wohlstand, so daß nichts als Selbstmord übrigbleibe. Und natürlich wurde nicht mit dem Argument gespart, daß so etwas in sozialisti-

schen Ländern niemals passieren könne, da jeder Marxist ein klares Lebensziel vor sich habe und Selbstmord aus individualistischen Motiven für ihn Verrat an seinen aufbauwilligen Genossen bedeute. So ähnlich wenigstens, denn ich zitiere aus dem Gedächtnis, die damals übliche Phraseologie ist kaum wiederzugeben.
Dieser Artikel brachte sämtliche Redaktionen der Welt in Bewegung, eine so unverschämte Propaganda durfte nicht unbeantwortet bleiben. Von dem Moment an wurden Gift und Lügen hin und her gespritzt.
Die westliche Presse, nicht faul, wartete ihrerseits mit Zahlen über Selbstmorde in marxistischen Ländern auf. Es wurde, wie es Brauch ist, alles hervorgesucht, was sich propagandistisch als ungünstig für die betreffenden Länder verwenden ließ. Auf Genauigkeit kam es keiner Zeitung an, und der schlichte Leser konnte die Informationen ja sowieso nicht auf Richtigkeit hin kontrollieren. Nach den westlichen Zeitungen gab es von jeher in marxistischen Ländern weit mehr Selbstmorde als bei uns – das Wort Kapitalismus wurde tunlichst vermieden –, und zwar weil der Marxismus durch seine absolute Bürokratisierung – oder hieß es Enthumanisierung? – des Daseins zwangsläufig in die Verzweiflung führe. Selbst namhafte Wissenschaftler scheuten sich nicht, in dasselbe Horn zu blasen. Auch Selbstmorde in Straflagern wurden natürlich erwähnt, obwohl das doch in ein andres Gebiet gehört hätte.

Wer Lust und Laune hat, kann diese wochenlange Hundsbeißerei in den Archiven der Zeitungen nachlesen. Vielleicht gibt ihm das etwas zum Lachen, wenn auch der Anlaß alles andre als komisch war.

Wurde bewußt an dem Problem vorbeigeredet? Für den Zeitpunkt glaube ich das nicht einmal. Ich brauche ja nur mich zu nehmen, der damals die politische Keiferei bis zum Überdruß anhören mußte, aber der sich kaum Gedanken darüber machte, was wirklich dahinter steckte. Ein Ruhmesblatt für die Menschen war das alles nicht.

Immerhin war damit die Zunahme der Selbstmordquote ins Gespräch genommen, denn als die außenpolitische Hitze ein wenig abnahm, griffen andre Institutionen das Thema auf.

Zunächst bemächtigten sich die Parteipolitiker des Problems. Ob nur bei uns, wo zufällig Neuwahlen für das nächste Jahr ausgeschrieben waren, oder auch in andern Ländern, vermag ich nicht zu sagen, doch das wird sich unschwer feststellen lassen. Bei uns jedenfalls gab es plötzlich ein lautstarkes unsachliches Gezänk, die Zunahme der Selbstmorde wurde als willkommenes Mittel benutzt, um den politischen Gegner damit in Mißkredit zu setzen, ein weit wirksameres Mittel offenbar als abstrakte Hinweise auf angebliche Fehlleistungen in der Außenpolitik, auf Preiserhöhungen und mangelnde Stabilität. Von den Toten selbst war überhaupt nicht die Rede, an die dachte keiner.

Der Linken wurde angekreidet, sie sei an allem Unglück schuld, weil sie durch falsche Handhabung von Demokratie und Freiheit der Anarchie Vorschub geleistet und der Jugend durch Untergrabung jeglicher Autorität, sei es der Familie, sei es der staatlichen Ordnung, allen Halt geraubt habe, der ihrem Leben einen natürlichen Sinn geben konnte. Besonders auf Familie wurde von der Rechten das Schwergewicht gelegt, und man kann sich denken, welchen Beifall sie damit bei älteren Wählern erntete.

Die Linke sparte nicht mit entsprechenden Gegenangriffen, um die Rechte in die Defensive zu manövrieren. Die Reaktion wurde beschuldigt, sie stemme sich gegen die Zukunft und jede fortschrittliche Entwicklung, indem sie verstaubte Modelle aus der Mottenkiste präsentiere, ja, durch gestrige nationalistische und sogar nazistische Phrasen, die schon einmal zur Vernichtung geführt hätten, hetze sie die Menschheit verantwortungslos in einen neuen Krieg. Ich entsinne mich des Ausdrucks ›krachlederner Jargon‹, der bei der Gelegenheit fiel, weil einer der Wortführer der Reaktion zufällig ein Bayer war. Über den Ausdruck amüsierten wir Norddeutsche im Labor uns herzlich, einer empfahl dem andern, sich doch endlich Lederhosen anzuschaffen.

Kein Wunder, behauptete die Linke, daß diese reaktionäre Propaganda die Jugend jeder Hoffnung auf ein friedliches Dasein beraube und sie zur Verzweiflung bringe. In einer der Zeitungen wurde das Faksimile des Abschiedsbriefes eines jungen Menschen veröffentlicht, ungefähr des Inhalts, daß wir lieber gleich Schluß machen sollten, da es ja doch zu einem Atomkrieg komme. Oder so ähnlich. Der Brief wurde von der Rechten natürlich prompt als Fälschung denunziert. Am meisten aber regte sich die Rechte darüber auf, daß dieser Brief im Fernsehen gezeigt wurde. Daraufhin gab es im Bundestag endlose Debatten, die Rundfunkanstalten wurden angeklagt, daß sie ihr Programm einseitig parteipolitisch gestalteten und die Opposition nicht zu Wort kommen ließen. Das Schimpfwort ›Verbrecherische Verantwortungslosigkeit‹ flog nur so hin und her. Wie gesagt, um die Toten kümmerte sich keiner, es ging ihnen nur um Wählerstimmen.

Wenn man schon das allzu großspurige Wort Verantwortungslosigkeit gebrauchen will, dann doch eigentlich nur für alle, denen die zunehmenden Selbstmorde lediglich für machtpolitische Zwecke willkommen waren. Man könnte in diesem Zusammenhang sogar von Inhumanität sprechen, und obwohl einem Chemiker solche mehr moralischen Rückschlüsse schlecht anstehen, scheint es doch eher so, als sei es gerade diese allgemeine Inhumanität gewesen, die die Verzweiflung hervorrief.

Ganz gleich, die Selbstmorde nahmen während der Zeit jedenfalls zu und die, die sich das Leben nahmen, hörten das sinnlose Geschwätz nicht mehr.

Aber es gab dann auch ernsthaftere Stimmen, die

zu dem Phänomen Stellung nahmen, es wäre ungerecht, das zu verschweigen. Wenn auch vieles davon als pseudowissenschaftlich und sogar als Scharlatanerie bezeichnet werden muß. Scheute sich doch jemand nicht, ein amerikanischer Professor, wenn mich nicht alles täuscht, zu behaupten oder wenigstens zur Debatte zu stellen, ob nicht die Epidemie vom Mond eingeschleppt sei, beziehungsweise durch das Mondgestein, das die Astronauten von dort mitgebracht hatten. Genau besehen, dürfte es sich dabei auch nur um ein politisches Motiv gehandelt haben. Der amerikanische Bürger sollte aufgehetzt werden wegen der Milliarden, die von Steuergeldern, das heißt also aus seiner Tasche, für die sogenannte Raumschiffahrt verschleudert würden, statt sie für vernünftigere Dinge zu verwenden.

Das hinderte nicht, daß dieser Unsinn Schlagzeilen in der europäischen Boulevardpresse abgab, die wie üblich alles freudig begrüßte, was von den Tatsachen ablenkte. Ich entsinne mich jedenfalls der dicken rotunterstrichenen Überschrift auf der ersten Seite eines dieser Blätter, die an jedem Kiosk aushingen. EINE MONDKRANKHEIT? lautete sie. Das Fragezeichen war nicht vergessen, es tat sein übriges.

Man kann sich kaum mehr vorstellen, welch ein Gerede daraufhin an sämtlichen Stamm- und Kaffeetischen produziert wurde. Ja, selbstverständlich, das ist es, so riefen Mann und Frau. Warum lassen die Leute nicht die Finger davon? Astrologen und alte Kartenschlägerinnen berie-

fen sich darauf, daß sie schon immer vor dem Mond gewarnt hätten. Und dergleichen mehr.
Wir im Hygienischen Institut lachten uns halb tot. Bisher war es ja immer noch so gewesen, daß der Mensch jungfräuliche Gegenden und Inseln, die er entdeckte, mit Krankheiten, Alkohol und Ratten beglückt hatte. Der arme Mond, riefen wir, nur er ist der Leidtragende, denn wie will er mit den eingeschleppten Mikroben und Bakterien fertig werden ohne die Abwehrstoffe, die wir im Laufe von Jahrtausenden dagegen entwickelt haben, und ohne all die Antibiotika, die wir hier im Labor erfinden. Paßt auf, der arme Bursche wird uns an einer altmodischen Schwindsucht krepieren, da es ihm an Penicillin und Sulfonamiden mangelt.
Natürlich nahm auch die Kirche zu dem Problem Stellung und versuchte, man verzeihe den unstatthaften Ausdruck, Kapital für sich heraus zu schlagen. Noch nie hatte man Geistliche aller Konfessionen so häufig in Presse und Rundfunk das Wort ergreifen lassen. Die Massenmedien müssen erkannt haben, daß ein Interesse für metaphysische Dinge in der Luft lag. Kein Wunder übrigens bei dem Versagen aller sonstigen Institutionen.
Viele Leute bemühten sich wieder fromm zu werden, die Kirchen füllten sich sonntags, wenigstens bis zu einem gewissen Zeitpunkt, denn auf dem Höhepunkt der Epidemie vermied dann jeder aus Angst vor etwaiger Ansteckung das Zusammensein mit vielen Menschen. So weit ging die neue Frömmigkeit denn doch nicht.

Zu Anfang jedoch wurde so viel mit Jesus argumentiert wie kaum je zuvor. Es bildeten sich sogenannte Jesus-Sekten, man tanzte sogar auf den Straßen der Großstadt und schrie nach Jesus. Es war äußerst peinlich, wenn man da zufällig hineingeriet, und nur wegen des altehrwürdigen Namens Jesus vermied man es, sich darüber lustig zu machen, sondern ging lieber beiseite, um den Unsinn nicht mitansehen zu müssen. Es war eine Art Hysterie, nur daß mit solchen Feststellungen nichts geholfen ist.
Auch angebliche Brahmanen gab es in entsprechender Kostümierung, die von den Anschlagsäulen herab ihre so viel ältere Weisheit anpriesen. Ob sie ein gutes Geschäft damit gemacht haben, entzieht sich meiner Kenntnis.
Die Geistlichen wetterten von den Kanzeln, daß dies die Strafe dafür sei, weil die Menschen ihren Glauben verloren hätten. Das mag ja sein, wie soll ich das beurteilen, nur daß jeder den von seiner Konfession vorgeschriebenen Glauben meinte und als Allheilmittel empfahl, worin sich denn, wenn das zu sagen erlaubt ist, die Kirchen nicht sehr viel von den politischen Parteien unterschieden. Die Predigten erreichten auch nur ältere Leute, die sowieso der Ansteckungsgefahr kaum ausgesetzt waren, wovon noch zu reden sein wird. Und die Epidemie hörte deswegen nicht auf sich auszubreiten.
Aber man hüte sich vor Verallgemeinerungen. Sicher gab es auch einzelne, die sich anders verhielten, und auf die allein dürfte es ankommen.

Ich möchte mich nicht der Schwarz-Weiß-Malerei schuldig machen.
Ich denke da vor allem an jenen jungen Geistlichen, den ich schon kurz erwähnte. Er war so alt wie ich, eher etwas jünger. Er hatte sich genauso wie wir andren freiwillig zum Bereitschaftsdienst gemeldet. Aber nicht in seiner Eigenschaft als Geistlicher; die meisten von uns wußten nicht einmal etwas davon, und wenn er nach seinem Beruf gefragt wurde, hatte er wohl eine Ausrede bereit. Er tat, was nötig war, griff zu wie wir alle und trug auch denselben Overall wie wir.
Es war reiner Zufall, daß ich ihn einmal unauffällig ein Kreuz über ein Opfer machen sah, das wir abholten, oder er sprach einen Segen aus, ich bin mit den Bräuchen nicht vertraut. Ich blickte auch rasch weg und tat so, als hätte ich nichts gesehen, weil ich dachte, es könnte ihm unangenehm sein.
Auch in unsrer Kantine stieß er sich nicht an unsern oft reichlich derben Witzen. Einer von uns, der wohl irgendwie Wind davon bekommen hatte, wer es war – es wird wohl der junge Jurist gewesen sein, der ›Gerettete‹, von dem ich noch werde sprechen müssen – meinte einmal zu ihm: ›Du bist ja ein größerer Ketzer als wir, denn wir können es uns erlauben, aber du ...!‹ Er lachte nur freundlich dazu. Er sprach nie von Gott, wir mochten ihn alle gern.
Und nur zu seiner Charakterisierung, obwohl es vielleicht nicht hierher gehört und es sich auch schon wieder um meine Privatangelegenheit han-

delt: als mir das Unglück mit meiner Frau passierte und ich in jener Nacht in die Schule zurückkehrte, war er gerade im Einsatz, doch als er wiederkam, drückte er mir nicht etwa die Hand oder was man sonst bei solchen Gelegenheiten zu tun pflegt, denn natürlich wußte er Bescheid, was mir zugestoßen war, sondern er benahm sich nicht anders als sonst. Er ging zur Kaffeemaschine, die immer in Betrieb war, zapfte sich eine Tasse Kaffee ab und setzte sich an den Tisch. Mich beachtete er nicht weiter, sondern hörte der allgemeinen Unterhaltung zu. Übrigens saßen wir meistens am Tischende, um die Kartenspieler nicht zu stören. Stammplätze, die von jedem respektiert wurden, hatten sich ganz von selber ergeben.

Doch ich merkte, wie sehr er darunter litt. Ich kann nicht sagen, woran man so etwas merkt, wahrscheinlich ist man in solchen Fällen überempfindlich. Ich hatte sogar den Eindruck, daß er mehr unter dem, was mir passiert war, litt als ich, so seltsam das klingen mag, wenn man es so hinschreibt, und daß es eher meine Aufgabe war, ihn darüber hinwegzubringen.

Als ich viele Tage danach einmal mit ihm von einem Einsatz zurückfuhr und er neben mir im Wagen saß, streifte ich das Thema, wobei ich selbstverständlich vermied, auf meine Privatangelegenheit anzuspielen.

Bei dem Opfer, das wir abgeholt hatten, handelte es sich um ein junges Mädchen, das sich umgebracht hatte, ich habe vergessen auf welche

Weise, solche Fälle waren schon allzu alltäglich für uns. Es ging auch nicht so sehr um das Opfer, als um die Eltern und eine sehr alte Großmutter, die ratlos herumstanden, als wir das Mädchen abholten. Sicher hatte der Einsatzleiter ein paar Worte zu ihnen gesprochen, ein paar tröstende Phrasen, wie wir das gelernt hatten, aber obwohl andre Institutionen dafür zuständig waren und es uns auch an Zeit für so etwas fehlte, fragte man sich unwillkürlich, wie sich die Eltern verhielten, die allein in der Wohnung zurückblieben, und was sie da nun wohl täten, nachdem wir die Tür hinter uns zugemacht hatten und mit der Bahre die Treppe hinunterpolterten. Machten sie vielleicht zuerst das Bett und zogen die Bettwäsche ab? Oder kochten sie sich etwas Warmes?

Ich fragte ihn, und zwar absichtlich nur so nebenbei und damit die andern es nicht hörten, denn sie hätten nur geschimpft, ob sich nicht wirksamere Worte für die Hinterbliebenen finden ließen, um ihnen über den ersten Schock hinwegzuhelfen; das übliche: ›Nehmen Sie es nicht so schwer‹ taugte doch herzlich wenig.

Da antwortete er mir ganz gegen seine Gewohnheit ziemlich scharf: ›Nein, wir können nur die Routine des Daseins erhalten, das ist die einzige Chance. Alles andre wäre Blasphemie.‹

Da gerade ein Funkspruch durchkam, der uns zum nächsten Einsatz rief, wendete der Fahrer fluchend und ohne das Tempo zu mäßigen mitten auf der Straße, es war ja nachts, so daß die

Reifen aufschrien und wir alle gegeneinander gepreßt wurden. Damit war das Gespräch beendet und auch wir waren, wenn man so will, durch die Routine des Daseins vor sinnlosen Überlegungen bewahrt.
Möglicherweise fühlt sich jemand gelangweilt, weil ich mich so lange mit Dingen aufhalte, die nur indirekt etwas mit der Epidemie zu tun haben, statt einfach sachlich über meine Erfahrungen während jener Zeit zu sprechen. Ein Urteil kann sich dann jeder selber bilden, ohne daß ich ihn meinerseits beeinflusse. Mancher wird unter Umständen das, was ich auf den vorhergehenden Seiten hingeschrieben habe, mit der Bemerkung abtun, daß es doch nie anders gewesen sei und daß höchstens in Krisenzeiten deutlicher würde, wie alles, was geschieht und unternommen wird, nur auf ganz primitiven egoistischen und machtpolitischen Motiven beruhe.
Trotzdem frage ich mich, ob die Reaktion auf ein Unglück nicht genauso wichtig, wenn nicht sogar wichtiger ist als das Unglück selbst. Und ferner, ob nicht gerade die Reaktion – oder meinetwegen der Mangel an Reaktion – ein Grund, wenn auch nicht für die Entstehung der Epidemie, so doch für ihre unaufhaltsame Ausbreitung war.
Ich meine damit, daß keiner für seine persönliche Verzweiflung auf Verständnis hoffen durfte, sondern im Gegenteil zusehen mußte, wie seine Not von Institutionen und angeblichen Fachleuten ausgeschlachtet wurde. Überall stieß ein junger

Mensch auf die Inhumanität einer abstrakten Bürokratie, und wenn es heute, fünf Jahre nach der Epidemie nicht viel anders ist, und selbst wenn es nie anders werden sollte, so muß die Frage doch einmal gestellt werden.

Jemand soll gesagt haben, ein berühmter Mann, ich vergesse Namen so leicht: Leiden ist absolute Privatsache. Schön, auf Jammerfritzen und Heulliesen mag das zutreffen, doch wenn so ein Wort andren zur Entschuldigung für ihre Gleichgültigkeit gegen das Leiden von Mitmenschen dient, sollte man es lieber streichen.

Wie man das ändern soll, kann ich auch nicht sagen, darum steht mir eigentlich nicht das Recht zu, solche Fragen zu stellen. Ich bin nicht dazu berufen, Lebensanweisungen zu geben, man würde sie mir auch nicht glauben. Obendrein tue ich mir mit dieser Frage selber weh, denn bei dem, was mir zustieß, war ich doch zweifellos der Nächste, der meiner Frau über die Krise hätte hinweghelfen müssen.

Aber was ist wohl aus dem jungen Geistlichen geworden, von dem ich sprach und der damals den Ausdruck ›Blasphemie‹ brauchte. Hat er inzwischen eine Pfarre und nimmt die Beichte ab? Vielleicht gehört das zur Routine seines Daseins, doch wie steht es mit ihm selber?

8

Die Mediziner und Psychologen hielten sich damals mehr zurück als die Politiker und Moralisten. Auch wenn sie es nur taten, weil sie mit ihrer Weisheit am Ende waren, war das ein Verdienst. Sie blamierten sich nicht wie jener amerikanische Faselhans mit seinem Mondgestein. Jedenfalls fehlte es an lautstarken Theorien der Medizin, sie äußerte sich nur sehr vorsichtig und wollte sich nicht festlegen.

Dafür gab es ein paar historische Deutungsversuche, um die Bevölkerung zu beschwichtigen. In einer Fachzeitschrift aus jenen Tagen kann man nachlesen, daß es solche Massenhysterien und Neurosen von Zeit zu Zeit immer schon gegeben habe. Zum Beispiel wies der Historiker auf den Kinderkreuzzug und den Veitstanz im Mittelalter hin und deutete solche Erscheinungen als frühere unbewußte Selbstmordversuche der Menschheit. Es wurden auch Abschnitte aus alten Chroniken in der Zeitung abgedruckt, aus denen die hysterische Erlösungssucht der Leute hervorging und daß sie hinterher nicht mehr zu sagen wußten, wie es mit ihnen dazu gekommen war.

Das klang recht einleuchtend, und es war auch

dagegen nichts einzuwenden, wenn es des weiteren hieß, daß solche Neurosen, oder wie immer man es nennen will, stets nur dann aufgetreten wären, wenn ein altgewohntes Weltbild, das Jahrhunderte lang gültig gewesen war und den Menschen einen festen Halt gegeben hatte, in die Brüche ging und die Leute ohne Rahmen im Leeren zurückließ.

Das ließ sich hören, doch was nützten uns damals solche historischen Hinweise, sie gaben den Leuten kein neues Weltbild, in dem sie sich einigermaßen wohl fühlen konnten, und die Epidemie kümmerte sich erst recht nicht um die Geschichtsprofessoren.

Auch das marxistische Weltbild, das sich doch als wissenschaftlich fundiert ausgibt, half nicht gegen die Ansteckungsgefahr, worauf ich noch zurückkomme, wenn auch zu Anfang in der Prawda und andern führenden östlichen Zeitungen nur von westlicher Dekadenz gesprochen wurde.

Ganz besonders zurückhaltend zeigten sich die Bakteriologen, sei es auch nur, um keine Panik zu verursachen. Denn für den Laien lag es bei der Art der Ausbreitung der Epidemie nur zu nahe, eine bakterielle Ursache zu vermuten. Das wäre ja auch beinahe tröstlich gewesen, denn für Bakterien braucht sich niemand selbst die Schuld zu geben. Außerdem kann man sich dagegen schützen, wozu haben wir die Wissenschaft, soll sie doch endlich einen Impfstoff erfinden, Geld genug wird ja für die Forschung aus dem Fenster geworfen. Im Grunde hielt die Mehrheit an der

Bakterien-Theorie fest, das war das einfachste und ersparte jedes weitere Nachdenken.
Übrigens auch wir vom Bereitschaftsdienst wurden dauernd gegen allerhand geimpft, mußten Unmengen von Vitaminen schlucken und uns desinfizieren lassen.
Die große Flucht aus den Städten, die auf dem Höhepunkt der Epidemie einsetzte, schien denn ja auch die Bakterientheorie eher zu bestätigen. Es zeigte sich nämlich sofort, daß in der Provence, im Tessin, auf den Balearen, auf Sylt, in Florida und was es sonst noch für gepriesene Ferienparadiese gab, die Zahl der Opfer durch Zustrom von Fremden beträchtlich zunahm. Aus Los Angeles zum Beispiel, einer Stadt, die von der Epidemie besonders stark heimgesucht wurde, wenn man den Zahlen Glauben schenken darf, flohen die Leute mit Wohnwagen und Zelten über die Berge in die Wüste. Es wurde ein riesiges Geschäft daraus, das Wüstenklima wurde von Firmen, die daran interessiert waren, und von Grundstücksmaklern als absolut bakterienfrei angepriesen. Aber siehe da, auch die Wüste schien bereits infiziert und man hatte so viel Mühe und es bereitete so hohe Kosten, die Opfer in ihren abgelegenen Zelten aufzusammeln und abzutransportieren, daß die Wüste rasch wieder aus der Mode kam.
Sie wurde sogar, denn inzwischen waren wohl genügend Wohnwagen abgesetzt worden, als gefährlich denunziert, da sie zu wenig Ablenkung bot. Statt die Großstädte zu beschuldigen, daß

aus ihnen die Krankheitsträger in gesunde Gegenden eingeschleppt würden, hieß es nun umgekehrt, daß allein die Großstädte und ein normaler beruflicher Verkehr einen ausreichenden Schutz gegen Ansteckung gewährleisteten. Alles wurde für bare Münze genommen, so groß war die Verwirrung, und alles wurde zu Geschäft.

Wer sich die Mühe macht, in alten Zeitungen zu blättern, kann sich davon überzeugen. Allein schon der damalige Anzeigenteil ist aufschlußreich. Ob allerdings die Russen in die Krim oder nach Sibirien flohen und es da nicht anders vor sich ging als im ›dekadenten‹ Westen, läßt sich nicht feststellen, denn offiziell gab es die Epidemie in marxistischen Ländern nicht. Höchstens aus den Untersuchungen russischer Gelehrter lassen sich einige Schlüsse ziehen.

Natürlich wurde auch der Umweltverschmutzung die Schuld gegeben, dem Benzindunst in den Straßen und den Abgasen der Industrie. Das war damals sowieso gerade Mode. Und schließlich fehlte es nicht an Naturaposteln, die den alleinigen Grund für das Nachlassen der Lebenskraft, wie sie es nannten, in der Ernährung aus Dosen und Tiefkühltruhen sahen. Vor den Gemüseläden sah man von heute auf morgen Salat- und Kohlköpfe mit einer Karte daran, auf der die besorgte Hausfrau ›Biologisch gedüngt‹ lesen konnte. Solche biologisch gedüngten Kohlköpfe kosteten dafür das Doppelte. Das alles war reinste Geschäftemacherei.

Alle ernsthaften Wissenschaftler betonten jedoch

immer wieder, daß eine bakterielle Ansteckung nicht nachzuweisen sei. Dabei darf man überzeugt sein, daß Legionen von Gelehrten in sämtlichen Kliniken und Laboratorien der Welt vor dem Mikroskop standen, um den Bazillus oder Virus zu entdecken. Es wurden zahllose Versuche mit Tieren unternommen und ihnen Blut oder Zellen, die den Opfern entnommen waren, eingespritzt, um auf die Weise vielleicht ein Serum zu gewinnen. Doch da zeigte sich, was sich jeder vorher hätte sagen können, daß die Versuchstiere auf die ihnen eingespritzten angeblichen Krankheitsstoffe überhaupt nicht reagierten, eben weil es in der Tierwelt diese Art von Selbstmord nicht gibt. Selbst die berühmten Lemminge, die sich zuweilen umbringen sollen, blieben springlebendig, wenn ihnen menschliche Krankheitsstoffe injiziert wurden.
Seriöser schien mir damals eine andere Theorie, wenn sie auch wie ein schlechter Witz anmutet, da sie ausgerechnet von Psychiatern vorgebracht wurde. Denn soweit ich weiß, hat doch gerade die Psychoanalyse ihre Erfolgskarriere vor siebzig oder achtzig Jahren mit der Behauptung begonnen, daß alles seelische Versagen einzig und allein auf die durch bürgerliche Moralgesetze gehemmte Sexualität zurückzuführen sei. Und daß nur die freizügige Ausübung des Geschlechtsverkehrs einen normal reagierenden Menschen garantiere.
Das ist natürlich übertrieben und klingt böswillig, ich habe ja schon zugegeben, daß mir ein Ur-

teil nicht zusteht, da ich mich nie um diese sogenannte Psychoanalyse gekümmert habe. Im Gegenteil, ich neigte eher zu dem landläufigen Geschwätz, das mir im Labor zu Ohren kam, daß es sich dabei nur um eine Beschäftigung für Frauen handle, die sonst nichts Rechtes mit sich anzufangen wußten.

Doch auf mein dummes Fehlurteil kommt es hier gar nicht an, sondern allein darauf, daß nun plötzlich der Spieß von denselben Leuten umgedreht wurde. Sie denunzierten zwar nicht den Sex, aber dafür die Sexwelle als Ursache der Epidemie, auch so ein Modewort wie Umweltverschmutzung aus dem Jahrzehnt, das der Epidemie vorausging. Nun lasen wir zu unsrer Überraschung, daß die bislang gepriesene und für die Industrie so einträgliche Sexwelle eine faschistische oder faschistoide Erfindung sei, um den Menschen manipulierbar zu machen.

Das stand zuerst in einer Pariser Zeitung, wurde aber sofort als wichtigste Entdeckung überallhin kolportiert. Ja, und das kam wohl aus Amerika, sogar dem CIA wurde unterstellt, die Sexwelle propagiert zu haben, und zwar mit der dahinter steckenden Absicht: Beschäftigt die Kinder mit Sex, dann kommen sie nicht auf dumme Gedanken, will sagen auf eine ernstzunehmende Revolution.

Das alles war selbstverständlich barer Unsinn; die meisten wirklichen Probleme werden ja durch Politik und Hetzerei sofort verfälscht. Soviel leuchtet jedoch auch einem Laien ein, der sich um solche Modeerscheinungen kaum kümmerte, daß die Ausübung des Geschlechtsverkehrs als eine Art Gesellschaftsspiel zu empfehlen, oder anders formuliert, Sexualität nur für eine hygienische Funktion zu halten, die für den Menschen nun einmal notwendig sei und ihn gesund erhalte, leicht zu Überdruß und Langweile führen kann. Vor allem bei jungen Menschen, und ich war damals ja selber noch jung und dachte nicht wie ein moralisierender Großvater. Jeder ehrliche Mensch brauchte doch nur an seine Anfänge zurückzudenken, das heißt, als er zum ersten Mal etwas mit einer Frau zu tun hatte. Wer von uns scherte sich denn da um Gesundheit? Man nahm die Sache verflucht ernst, vielleicht zu ernst, aber darauf kommt es nicht an. Und bei den Mädchen wird es doch kaum anders gewesen sein.

Und ein Zurück, so viel ist klar, gibt es nach so einem Mißbrauch wohl kaum. Wenn man also überhaupt die sogenannte Sexwelle in Betracht ziehen will, dann doch allerhöchstens als Vorstufe der Epidemie. Aber wie sollte das jemand damals erkennen? Man nahm solche Auswüchse nicht ernst und sagte sich: Das wird schon vorübergehen.

Mit all diesen komischen Theorien soll nur die damalige Ratlosigkeit geschildert werden. Ob sie ein Körnchen Wahrheit enthielten oder nicht, das änderte auch nicht das geringste am Ablauf der Epidemie. Auch warum sie dann auslief oder sich erschöpfte, ist meines Wissens genausowenig erklärt worden wie ihr Beginn. Andre Epidemien aus geschichtlichen Zeiten, sei es Pest, Cholera oder Grippe, erschöpften sich ja ebenfalls von selber. Hinterher wurde dann meistens behauptet, daß der menschliche Organismus Gegengifte entwickelt hätte, doch den untrüglichen Beweis dafür ist man uns immer schuldig geblieben. Wir Chemiker jedenfalls haben so ein Gegengift nicht feststellen können und haben auch keines erfunden. Bleibt also nur die Routine des Daseins, was auch immer man darunter verstehen will.

Eines schönen Tages, noch vor dem Höhepunkt der Epidemie, war von heute auf morgen wie auf höheren Befehl Schluß mit solchen theoretisierenden Abhandlungen in Presse und Rundfunk, und selbst in Fachzeitschriften wurde nur mit größter Zurückhaltung davon gesprochen. Das wird zu dem Zeitpunkt gewesen sein, als der Pariser Journalist, von dem ich erzählte, wegen des Artikels über den Massen-Selbstmord, den er seiner Zeitung übersandt hatte, von der Redaktion getadelt wurde. Wir vom Bereitschaftsdienst nannten übrigens so etwas Gruppen-Selbstmord, das war dem Wort Gruppen-Sex, das vorher im Schwange war, nachgebildet worden. Wer zuerst auf die Idee gekommen war, weiß ich nicht.

Es scheint aber ganz undenkbar und so etwas ist wohl auch noch nie vorgekommen, daß die Presse der ganzen Welt eine Vereinbarung getroffen haben sollte und sie dann auch einhielt, nichts mehr über die Katastrophe zu berichten. Anweisungen von oben sind auch nicht gut vorstellbar, denn welche Redaktion hätte sie schon eingehalten und sich damit eine Sensation entgehen lassen. Nur die sowjetische Presse fuhr noch ungefähr zwei Wochen länger fort, Zahlen über die Opfer der Epidemie zu bringen, selbstverständlich nur Zahlen aus dem Westen, dann vermied auch sie dies Thema.

Was auch der Grund dafür gewesen sein mag, in der Öffentlichkeit übte man sich von da an in der Kunst des Verschweigens. Nur wir, die unmittelbar mit der Epidemie zu tun hatten, wurden noch orientiert oder hatten wenigstens die Möglichkeit uns zu orientieren, denn die Mehrzahl von uns verzichtete darauf, wir waren viel zu abgestumpft.

Die Therapie des Verschweigens halte ich heute für richtig, auf jeden Fall für den damaligen Zeitpunkt. Die Folge davon, daß die Epidemie auch jetzt noch bagatellisiert wird, steht auf einem andern Blatt. Aber damals galt es eine Panik zu vermeiden. Die Ansteckungsgefahr wurde dadurch vermindert.

Jeder weiß doch, wie ansteckend Selbstmord wirken kann. Geschieht so etwas in der Nachbarschaft, regt es die Leute weit mehr auf als ein Raubmord oder handfester Totschlag, alle fühlen sich sozusagen persönlich betroffen, tagelang wird über die Gründe diskutiert, die den Betreffenden dazu gebracht haben, freiwillig aus dem Leben zu scheiden, und alles atmet wie erlöst auf, wenn sich endlich ein plausibler Grund gefunden hat, etwa Krankheit oder Eheschwierigkeiten oder finanzieller Ruin. Seltsam, man hat fast den Eindruck, als ob die Menschen sich nur noch im Falle eines Selbstmordes für einander verantwortlich fühlten, oder wenn das schon zu viel gesagt ist, sich wenigstens einer gewissen Gemeinsamkeit erinnerten.

Bekannt ist ja auch, daß vor allem die Jugend, besonders in der Pubertät, höchst anfällig für Selbstmord ist. Ich selber kann mich aus meiner Gymnasiastenzeit entsinnen, daß uns der Tod eines Klassenkameraden, eines sehr begabten, vielleicht sogar überbegabten Jungens, der sich, wie ich viel später von seinem Vater erfuhr, umgebracht hatte, von Lehrern und Eltern als Grippe oder Gehirnhautentzündung hingestellt wurde. Die Erwachsenen handelten richtig, um jedem Nachahmungsversuch vorzubeugen.

Doch um Jugenderinnerungen geht es hier nicht. Wir im Hygienischen Institut nahmen zunächst von all dem Geschwätz um uns herum keine Notiz, das wurde bereits erwähnt. Ein paar Selbstmorde mehr oder weniger, das war nicht unser Beruf, deshalb überließen wir die Aufregung getrost der Presse. Das alles gab höchstens Anlaß zu witzigen Bemerkungen. Wir begrüßten uns einander morgens mit dem Ruf: ›Was, du Kerl hast dich immer noch nicht umgebracht? Das wird aber höchste Zeit, verpasse nur die Gelegenheit nicht. Deine Frau wird froh sein, wenn sie dich erst los ist.‹ Oder so ähnlich. Hin und wieder erzählte auch wohl der eine oder andre von einem Fall, der sich in seinem Haus oder in der Nachbarschaft zugetragen hatte, aber das war kaum mehr als eine gleichgültige Unterhaltung über den Labortisch hinweg. Oder einer schimpfte nur über die nächtliche Ruhestörung durch die Sirenen der Unfallwagen.

Erst als die pharmazeutische Industrie ein Geschäft in der Epidemie witterte und Mittel gegen die Ansteckungsgefahr auf den Markt warf, bekamen wir im Labor damit zu tun. Eigentlich war das gar nicht unsre Aufgabe, doch die dafür zuständigen Institutionen konnten wohl mit der Flut dieser neuen Medizinen nicht fertig werden. Man gab sie uns zur Begutachtung, das heißt, wir sollten feststellen, ob sie gesundheitsschädlich oder rezeptpflichtig wären. Wir fluchten über die Mehrarbeit, die uns damit aufgehalst wurde. Es kamen fast täglich neue Mittelchen ins Haus, wirklich, die Industrie war auf Draht und die Aktionäre konnten sich die Hände reiben. Man darf heute wohl, ohne sich einer gehässigen Einseitigkeit schuldig zu machen, behaupten, daß außer den Berufen, die sich legitim mit Todesfällen zu befassen haben, wie Ärzte und Bestattungsunternehmer, die chemische Industrie weitaus am meisten an der Epidemie verdient hat. Nun, soll sie, das ist schließlich der Zweck solcher Konzerne, nur daß wir Chemiker uns natürlich nichts vormachen ließen. Überwiegend handelte es sich bei den zahllosen Mittelchen um reinste Quacksalberei. Auch dagegen wäre an sich nichts zu sagen, jedenfalls war es nicht unsre Sache, den Leuten das Geschäft zu verderben. Bei

Pillen und Säften, die einer schluckt, weil der Doktor sie ihm verschrieben hat, kommt es ja vor allem auf den Glauben an, daß sie nützen und gesund machen, nicht auf die tatsächlichen Ingredienzen. An solcher Zauberei hat sich seit den primitivsten Zeiten nichts geändert, für den Zauber sorgten schon allein die phantastischen Fremdworte und chemischen Abkürzungen, mit denen die Fläschchen und Kartons überreichlich versehen waren. Wir Fachleute lachten natürlich über den Schwindel.

Die Mittel, die die Industrie auf den Markt brachte und die wie warme Semmeln in den Apotheken gekauft wurden – unsrer Wohnung schräg gegenüber war eine Apotheke, und meine Frau machte mich darauf aufmerksam, daß die Leute schon morgens um acht Schlange standen, um nur ja noch einer der unfehlbaren Medizinen teilhaftig zu werden –, die Mittel ließen sich im großen ganzen nach zwei Tendenzen einteilen, die sie verfolgten. Darüber vermag ich ziemlich zuverlässige Auskunft zu geben, da ich, wenigstens zu Anfang der Epidemie, selber noch mit der Begutachtung solcher Medizinen beschäftigt war. Auch später, das heißt, nachdem ich mich zum Bereitschaftsdienst gemeldet hatte, dürfte sich an diesen beiden grundsätzlichen Richtungen der Industrie kaum etwas geändert haben. Ich sah die bekannten Fläschchen und Glasröhrchen bei den Angehörigen von Opfern, die wir abtransportierten, überall herumliegen. Oft wurden wir auch von den trauernden Hinterbliebenen ge-

fragt, warum denn das Mittel nichts genützt habe, auch das Opfer hätte reichlich davon eingenommen, sie hätten doch nicht daran gespart. Und ob wir etwas Besseres empfehlen könnten. Wir durften selbstverständlich keine Auskünfte geben und redeten um die Sache herum.
Da viele der angepriesenen Mittel aus dem Ausland kamen, ist anzunehmen, daß es anderswo genauso war wie bei uns. Ob auch bei den Marxisten, läßt sich wegen der geübten Zurückhaltung ihrer Presse in puncto Epidemie nicht sagen.
Die eine Sorte der Mittel war auf Beruhigung und Einschläferung aus, auf einen mehr psychologischen Effekt also. Das reichte vom unschuldigsten Brom bis zu heftigen Barbituraten. Die andern Medizinen hatten die genau entgegengesetzte Tendenz, sie versprachen Erhöhung der Lebenslust durch Förderung des Kreislaufs, durch Gehirndurchblutung und dergleichen mehr. Das ging von harmlosen Stimulanzien, die auch in einem schlichten Glas Sekt zu finden gewesen wären, von den landesüblichen Vitaminen, die einen gegen jede Ansteckung immun machen sollten, über schon bedenklichere Hormonpräparate und Adrenalin bis zu höchst gefährlichen Erregungschemikalien. In einigen Pillen fanden wir auch ausgesprochene Aphrodisiaka, die Industrie hatte demnach den alten guten Sex keineswegs fallengelassen.
Für uns war das eine Quelle von faulen Witzen. Wir empfahlen uns gegenseitig die Aphrodisiaka über den Labortisch hinweg, wie das unter Män-

nern so geht. Vor allem aber waren die Prospekte und Aushängeschilder, auf denen die Mittel dem Publikum angepriesen wurden, ein Mordsspaß für uns. Es wurde einem das Blaue vom Himmel versprochen, und das für ein paar schäbige Mark, und selbstverständlich war die Werbeindustrie gerissen genug, die Epidemie auf ihren Plakaten nicht mit einem Wort zu erwähnen. Der Industrie und den Reklameleuten ging es allein um das Wohlbefinden der Menschheit, dafür opferte sie sich geradezu auf.
Natürlich wußte trotzdem jeder, der an einer Anschlagsäule oder einem Schaufenster vorbeiging, sofort Bescheid, um was es ging. Die, die auf Beruhigung aus waren, empfahlen den Tiefenschlaf als allein seligmachendes Mittel. Wozu deine Sorgen und Ängste mit ins Bett nehmen, war da zu lesen, ein traumloser Schlaf bläst all deine Einbildungen fort und am Morgen wachst du mit frischem Mut auf. Oder so ähnlich. Die andern argumentierten genau umgekehrt: Willst du dein halbes Leben verschlafen?, wurde gefragt. Nur eine normale Gehirndurchblutung verhindert vorzeitige Ermüdungserscheinungen. Willst du ewig Angestellter bleiben? wagte ein Plakat sogar zu fragen. Sei wach, dann läßt du deine Kollegen hinter dir und wirst Chef. Oder so ähnlich. Man brauchte demnach nur das jeweils empfohlene Mittel zu nehmen, dann erübrigte sich jede weitere Anstrengung.
Diese reichlich schamlosen Albernheiten der Werbeindustrie sind nicht etwa von mir erfunden,

man kann sie in den Anzeigeteilen alter Zeitungen nachlesen. Hier soll nur demonstriert werden, wie die Epidemie bis zu einem gewissen Zeitpunkt nur im Hinblick auf das Geschäft, das sich mit ihr machen ließ, ernst genommen wurde. Und auch das sollte vielleicht nicht unerwähnt bleiben, obwohl mir jeder Beweis dafür fehlt, daß diese Mittelchen, wenn auch nicht ausschließlich, so doch überwiegend von Leuten gekauft wurden, die sowieso nicht anfällig für Selbstmord waren. Ausgerechnet meine Frau machte mich darauf aufmerksam. Sieh dir doch die dicken Weiber an, die da drüben vor der Apotheke Schlange stehen, sagte sie. Morgens so ein Mittel und nachmittags Schwarzwälder Kirschtorte in der Konditorei. Und ich ahnungsloser Idiot antwortete noch: Na, vielleicht kaufen sie das Zeug für ihre Kinder.

Ob der Überdruß gegen die Untersuchung solcher Mittel mit ein Anlaß gewesen ist, meine Stellung im Institut vorübergehend, wie ich meinte, aufzugeben und mich zum Bereitschaftsdienst zu melden, läßt sich nicht mehr sagen. Es muß, soweit ich mich erinnere, zu der Zeit gewesen sein, als die große Flucht aus den Städten begann und Arbeitskräfte knapp wurden.

Diese sogenannte große Flucht konnten sich allerdings nur einigermaßen wohlhabende Leute leisten, solche, die über einen Bungalow in den Bergen oder an der See verfügten und die genug Geld hatten, ihren Beruf eine Zeitlang an den Nagel zu hängen. Auf den Straßen und in der

U-Bahn merkte man deshalb nicht allzuviel davon, höchstens Firmen und Geschäftsleute untereinander klagten, daß Lieferungen sich arg verzögerten und daß es zu keinen rechten Abschlüssen käme, weil die Chefs nicht zu erreichen waren. Oft blieben die Chefs auch hier und schickten nur ihre Frauen und Kinder in die Ferien.
Die Deutsche Demokratische Republik schloß übrigens prompt ihre Grenzen für Besucher von westlicher Seite, die ihre Verwandten drüben wiedersehen wollten, wenn auch unter irgendeiner fadenscheinigen Begründung und ohne die Epidemie dafür anzuführen, denn gegen diese kapitalistische Krankheit war man drüben ja angeblich immun.
Doch was ging mich diese sogenannte große Flucht an, sollten doch von mir aus die Leute reisen, so viel sie Lust hatten. Meine Frau berichtete mir hin und wieder, daß die und die aus der Nachbarschaft, Menschen, die wir nur vom Sehen kannten, mit Sack und Pack in ihrem Wagen abgereist seien, die Schlüssel für ihre Wohnungen hatten sie der Hausmeisterfrau überlassen, aber was hatte das mit uns zu tun.
Die Frage, warum ich mich überhaupt meldete, muß also offen bleiben. Soweit sie mich persönlich betrifft, ist sie wohl auch ganz unwichtig. Jung und kräftig wie ich war, wurde ich auch sofort angenommen. Die Kollegen im Labor sparten nicht mit zynischen Segenssprüchen, als ich mich verabschiedete. Heil dem Retter der Menschheit! riefen sie mir nach.

9

Einer besonderen Ausbildung bedurfte es nicht. Jeder, der über ein paar Muskeln und gute Nerven verfügt, kann eine Bahre die Treppe hinuntertragen und die Leiche in der ›Kühltruhe‹ abliefern. Für das, was es an Schrecklichem zu sehen gab, war sowieso jede Ausbildung illusorisch, da nützte nur die Routine.
Die Neulinge wurden zuerst Männern zugeteilt, die das alles schon gewohnt waren und sich nicht erst auf lange Redereien einließen, wenn wir Anfänger erschrockene Fragen stellten. Pack zu und halt die Schnauze! hieß es, und wenn wir das Opfer abgeliefert hatten, hieß es: Der Nächste bitte! So lernten wir rasch die Routine kennen, die gegen das Entsetzliche stumpf macht, und das war gut so.
Wenn wir irgendwohin beordert wurden, stellte der Arzt – selbstverständlich war bei jeder Staffel ein Arzt, das Gesetz schreibt das vor – der Arzt stellte den Tod und die Todesursache fest, wozu auch der jüngste Assistent in der Lage war. Im Grunde hätte es dazu gar keines Arztes bedurft, wir andren hatten genausoviel Erfahrung. Zuweilen hatte auch schon der Hausarzt, den die Angehörigen herbeigerufen hatten, oder sonst

ein Doktor aus der Nähe den Totenschein ausgeschrieben. Dann gab es nur noch ein paar Fragen an die Hinterbliebenen und wir zogen mit dem Opfer ab. Das klingt unmenschlich, doch mit der Menschlichkeit wären wir nicht weitergekommen und wäre die Situation nicht zu meistern gewesen, das muß man verstehen.

Nicht einmal der erste Fall, zu dem ich mitgenommen wurde, ist mir im Gedächtnis geblieben. Vermutlich handelte es sich um eine sanfte Todesart durch eine Überdosis an Schlafmitteln oder dergleichen, denn da ich es schließlich nicht gewohnt war, mit Toten umzugehen, hätte es bestimmt einen Schock bei mir ausgelöst, wenn ich gleich mit etwas Furchtbarerem konfrontiert worden wäre.

So zum Beispiel gehörte es zu unsern Aufgaben, die Räume wenigstens ganz oberflächlich von Blutspuren und bei ungeschickten Kopfschüssen auch von Gehirnteilen zu säubern. Dazu waren uns Eimer, Bürsten und Reinigungsmittel mitgegeben. Gerade auf die Anfänger unter uns wurde diese üble Arbeit abgewälzt. Wiederholt hatten wir dagegen zu protestieren versucht und Eingaben gemacht, die von allen unterschrieben waren, und zwar unter dem Hinweis, daß unsre Zeit dadurch unnötig in Anspruch genommen werde. Aber die Behörden blieben dabei, daß auch das zu unsern Pflichten gehöre. Ihr Argument war, daß man den Angehörigen nach Möglichkeit den grausigen Anblick ersparen müsse, um sie nicht auch noch in die Verzweiflung zu treiben.

Es muß zugegeben werden, daß man unmöglich den Reinmachefrauen die Aufgabe überlassen konnte, denn was uns da manchmal zugemutet wurde, spottet jeder Beschreibung. Einer, um nur das zu erwähnen, war sogar auf die ausgefallene Idee gekommen, sich durch eine Art Harakiri umzubringen, und wir armen Teufel hatten uns mit seinen herausgequollenen Gedärmen abzuplagen. Unsre Staffel schimpfte noch lange über diese ›Schweinerei‹, aber das war später.

Eines jedoch blieb nach wie vor nicht ohne Eindruck auf uns, trotz aller wirklichen oder nur gespielten Abgebrühtheit und obwohl wir unter uns nie ein Wort darüber verloren. Selbst die Brutalsten unter uns vermieden das Thema geflissentlich, sie schoben es mit einer verächtlichen Handbewegung beiseite, wenn doch einmal jemand davon anfing. Es muß sich da, wie ich glaube, um eine unbewußte Scheu gehandelt haben.

Damit komme ich auf etwas zu sprechen, was im Vorherigen wohl schon ein paarmal angedeutet wurde, aber nicht klar genug, auf die Tatsache nämlich, daß die Opfer der Epidemie überwiegend junge Menschen waren. Jemand, der die Zeit nicht erlebt hat, wird vielleicht einwenden, daß es doch genauso traurig sei, wenn ein alter Mensch sich umbringt, doch wenn man Tag für Tag nur junge Menschen abholen muß, sozusagen in der Blüte ihrer Jahre und kerngesund, denkt man anders. Im Gegenteil, wenn wir einen Alten fanden, der in seinem Bett oder Lehnstuhl

Schluß gemacht hatte, nahmen wir das für einen natürlichen Tod, der uns eigentlich nichts anging. Es darf nicht vergessen werden, daß wir selber jung waren.
Auf diese Tatsache hatten schon die Wissenschaftler in ihren frühesten Abhandlungen hingewiesen, beziehungsweise die Reporter, die die Wissenschaftler interviewt hatten. Vor allem die Bakteriologen wußten zu berichten, daß die Erscheinung nicht neu sei; bei früheren Grippeepidemien und auch bei Kinderlähmung, wo die Bezeichnung das ja bereits andeutet, wären vor allem Jugendliche in bestem Gesundheitszustand für die Krankheit anfällig gewesen, ältere und schwächliche Menschen dagegen blieben von ihr verschont, weil sie offenbar genügend Abwehrstoffe entwickelt hätten.
Sicher stimmte das, es ließ sich sogar beweisen, doch was nützte uns solche Feststellung. Höchstens die Politiker und Moralisten griffen das auf und gaben je nach Bedarf den Nazis oder den Marxisten die Schuld oder, was noch bequemer für beide Teile war, der Elterngeneration, die die Familie zerstört hätte. Davon wurde hier schon genug geredet, man ekelt sich, diesen Unsinn zu wiederholen. Unsinn jedenfalls angesichts der Opfer, die wir abholen mußten.
Doch ganz gleich, die Tatsache kann ich leider auf Grund meiner Tätigkeit nur bestätigen. Obendrein ist sie statistisch belegt, und Statistik läßt sich nicht durch Geschwätz abtun.
Danach steht fest, daß die Opfer der Epidemie

zu ungefähr neunzig Prozent junge Menschen waren. Der Computer hat dann diese jugendlichen Opfer noch subtiler nach Lebensalter aufgeteilt, in Leute unter Zwanzig, unter Fünfundzwanzig und unter Dreißig. Doch um mich hier nicht in statistische Spitzfindigkeiten zu verlieren, obenhin läßt sich sagen, daß neunzig Prozent der Opfer im Alter zwischen Siebzehn und Dreißig standen. Innerhalb dieser Altersgrenzen gab es dann allenfalls noch Unterschiede in der Todesursache. Ein Dreißigjähriger, wenn man das so ausdrücken darf, brachte sich sozusagen auf vernünftigere Weise um als ein Siebzehnjähriger.

Was über diese Altersgrenze hinaus anfiel, kann mit gutem Gewissen als normale Selbstmordrate bezeichnet werden. Alte Leute, die sich wegen einer unheilbaren Krankheit umbrachten oder die am Leben keinen Spaß mehr hatten, weil niemand sich um sie kümmerte, hat es von jeher gegeben. Auch hysterische Wichtigtuer nicht zu vergessen, die ihren Angehörigen durch Selbstmord eins auswischen wollten. Und so unglaubhaft es klingen mag, sogar aus Liebeskummer nahmen sich noch ein paar Leute das Leben, wenn auch nicht viele. In allen solchen mehr normalen Fällen wurde jedoch ein Abschiedsbrief hinterlassen, durch den die Tat erklärt und den Angehörigen oder der Gesellschaft die Schuld dafür zugeschoben werden sollte. Der Abschiedsbrief war den Betreffenden sogar wichtiger als die Tat.

Eher ließe sich vermuten, daß die normale Selbstmordrate während der Epidemie abnahm, so als ob Selbstmord eine schon allzu alltägliche Affäre geworden wäre und darum an Reiz verloren hätte. Uns vom Bereitschaftsdienst, das sagte ich schon, standen die statistischen Angaben zur Verfügung, wenn auch die meisten von uns sich nicht damit abgaben, das ist wahr. Was geht uns die blöde Statistik an, meinten sie, auch nur Lügen und unsre Arbeit wird dadurch nicht um einen Schatten leichter. Nur ich orientierte mich täglich, wenn ich auch mit niemand darüber sprach, und natürlich verlor ich auch zu Haus kein Wort darüber. Meine Frau fragte auch nicht danach. Für meine Vermutung, daß die normale Selbstmordrate damals eher abnahm, habe ich allerdings in den Bibliotheken und Archiven keine Bestätigung gefunden.

Was nun die statistischen Mitteilungen betrifft, so wird man finden, daß sie für alle Länder ziemlich genau übereinstimmten. Das heißt für die Länder, die überhaupt eine Statistik führten und Zahlen veröffentlichten. Auf den vermutlichen Herd der Epidemie lassen sich also daraus keine Rückschlüsse ziehen. In den USA schien die Rate, wenn man den Zahlen Glauben schenken darf, vielleicht um ein geringes höher als anderswo, doch muß man dabei den damals wegen des Vietnam-Krieges überall propagierten Anti-Amerikanismus in Rechnung ziehen, der die Zahlen unter Umständen übertrieb.

So wurden etwa für eine Stadt wie Los Angeles

die durch die Epidemie verursachten Verluste mit dreiundneunzig Prozent angegeben. Das hatte wiederum tiefsinnige Überlegungen zur Folge, warum ausgerechnet in dieser Stadt an der Westküste mehr Selbstmorde stattfanden als in der Riesenstadt New York, die klimatisch von jeher als besonders ungünstig galt. Irgendein berühmter Mann in Harvard oder Princeton, ein Soziologe oder Ökologe, ließ sich des langen und breiten darüber aus. Doch auch hier mögen nationale, das heißt inneramerikanische Vorurteile eine Rolle gespielt haben.

Mit dem Klima hatte die Epidemie nichts zu tun. So zum Beispiel war die Rate in Florida oder an der Côte d'Azur, wohin die Leute aus Paris in Massen flohen, um nichts geringer als in den verdächtigen Städten. Die in solchen Gegenden ansässige Bevölkerung, die vom Fremdenverkehr lebte, schimpfte natürlich, daß die Epidemie aus Paris eingeschleppt wäre, und das Hotelgewerbe befürchtete, daß ihre Ferienressorts dadurch in Mißkredit geraten könnten.

Bei uns, das wurde wohl schon erwähnt, hatte man übrigens die Schulen geschlossen, deshalb konnten die Eltern ihre Kinder mit auf die Flucht nehmen. Wie es woanders gehandhabt wurde, entzieht sich meiner Kenntnis. Durch die Schließung der Schulen wollte man vermeiden, daß die Jugendlichen sich gegenseitig zum Selbstmord verführten. Von manchen wurde die Richtigkeit dieser Maßnahme angezweifelt. Sie befürchteten im Gegenteil, daß die Epidemie durch die zusätzlichen Ferien erst recht befördert würde, da den Jugendlichen jede feste Tageseinteilung genommen war und sie sich beschäftigungslos auf der Straße herumtrieben. So oder so, nach meinen Erfahrungen war die Epidemie nicht aufzuhalten.

Auch für Hamburg, die Stadt, über die ich allein aus persönlicher Anschauung berichten kann, stimmten die Zahlen ziemlich genau mit denen aus andern Städten und Ländern überein, das wird man in den Archiven bestätigt finden. Es gab eine Sammelstelle für alle Fälle, die die einzelnen Staffeln erledigt hatten, auch mit kurzen Hinweisen auf die Todesarten, um uns zu unterrichten, womit wir notfalls zu rechnen hatten. In der Absicht, die Epidemie zu lokalisieren, wurden auch Berechnungen darüber angestellt, wo sie am stärksten wütete. Mit andern Worten, es hätte den Statistikern in den Kram gepaßt, wenn von ihnen der Nachweis hätte erbracht werden können, daß in den Großstädten und übervölkerten Stadtteilen mehr Selbstmorde vorkämen als in Kleinstädten oder gar auf dem Lande. Der Mythos vom gesunden Landleben und der verderbten Großstadt läßt sich wohl nicht ausrotten, selbst Statistikern schwebt er noch vor.

Aber nichts zu wollen! Im Verhältnis zur Einwohnerzahl war der Prozentsatz in den kleinen Städten der gleiche. Um nur ein Beispiel aus unsrer Gegend zu bringen: die kleine Stadt Pinneberg, die allerdings mit Hamburg durch die Vorortsbahn verbunden ist, weil die meisten Bewohner

ihr Brot in der Stadt verdienen – Pendelverkehr wird so etwas glaube ich genannt –, wartete aus unerklärlichen Gründen mit einem etwas höheren Prozentsatz als Hamburg auf. Das gab den Stadtplanern wiederum Anlaß, sich abfällig über die Phantasielosigkeit der sogenannten Schlafstädte zu äußern; schon aus Schweden sei doch längst bekannt, daß der Alkoholismus unter Frauen dort erschreckend zunähme. Aber auch eine kleine Stadt wie Husum mit ihrem doch so gesunden Nordsee-Klima konnte nicht klagen, von der Epidemie übersehen zu sein. Sogar rotbäckige Bauernmädchen in der Lüneburger Heide hängten sich im Kuhstall oder auf der Toilette des Tanzlokals auf.
Vieles weiß ich nur von Hörensagen. Ich selber habe nur ein einziges Mal außerhalb Hamburgs zu tun gehabt, und zwar in Harburg, als die Harburger Mannschaften alle von einem durch Gasexplosion einstürzenden Haus in Anspruch genommen waren und wir aushilfsweise einspringen mußten. So jagten wir in unserm Wagen über die Elbbrücken. Das war insofern eine Abwechslung, als wir einen achtzehnjährigen Schiffsjungen abholen sollten, der sich auf einem der großen Lastkähne, die in der Süderelbe lagen, mit einer Wäscheleine aus Kunststoff erhängt hatte. Die dicke Frau des Schiffers jammerte um ihre Wäscheleine, so daß wir ihr zu Gefallen und trotz der Eile, in der wir waren, denn wir hatten schon viel Zeit mit dem Suchen nach dem Liegeplatz des Kahnes vertrödelt, den

Bengel nicht einfach abschnitten, sondern mühsam den festgezogenen Knoten lösten. Ihr Mann bemerkte nur: ›Ich komm gerade aus der Kneipe da gegenüber und denke, was hängt da für ein komisches Ding. Na, da ist nichts zu machen, er war immer schon etwas komisch.‹ Und das ohne die Pfeife aus dem Mund zu nehmen. Diese Schiffer sind bekanntlich mundfaul und sagen lieber ein Wort zu wenig als zu viel.

Diese Wäscheleinen aus Plastik waren übrigens ein beliebtes und unfehlbares Mittel, da man sie nicht, wie das früher bei Stricken aus Jute oder Hanf nötig war, vorher mit Seife einzuschmieren brauchte. Irgendein Schlaukopf machte sogar den Vorschlag, den Verkauf solcher Wäscheleinen vorläufig ganz zu verbieten, was natürlich in den Wind geredet war. Als ob die Epidemie um Wäscheleinen verlegen gewesen wäre.

Das Beunruhigendste, wenn auch kaum für uns vom Bereitschaftsdienst, denen es an Zeit fehlte, sich deswegen Gedanken zu machen, aber für die Bevölkerung war das Fehlen von Abschiedsbriefen, das wurde schon angedeutet. Bei normalen Selbstmorden pflegte doch der Betreffende etwas Schriftliches zu hinterlassen, und sei es einen auch noch so kleinen Zettel, um die Nahstehenden zu entlasten oder umgekehrt, um ihnen die Schuld zuzuschieben. In China, hat mir jemand erzählt, soll es früher als eine tödliche und nie wieder gutzumachende Beleidigung gegolten haben, wenn man sich an der Haustür seines Feindes aufhängte, eine seltsame Art, Rache zu nehmen.

Doch auch bei uns kam der Betreffende durch so einen Zettel wenigstens nachträglich noch ins Gespräch und manchmal sogar in die Zeitung, weshalb Fachleute auch von einer Art Exhibitionismus redeten.
Ganz zu Anfang der Epidemie, das heißt bevor sie als solche erkannt wurde, gab es noch Wandschmierereien wie bei dem Gruppenselbstmord in Paris, von dem schon erzählt wurde, und auch der aus politischen Gründen faksimilierte Brief, vorausgesetzt, daß er echt war, mag dazu gerechnet werden. Aber das hörte dann völlig auf, mir ist aus meiner Praxis nicht ein einziger Fall bekannt, bei dem das Opfer einen Zettel hinterließ. Auch meine Frau hatte ja keinen Abschiedsbrief geschrieben.
Es war daher nicht mehr möglich, den selbstgewählten Tod junger Menschen als Protesthandlung zu bezeichnen, ob nun wegen irgendwelcher privater Verhältnisse, die nicht mehr tragbar waren, oder wegen allgemeiner Zustände in der Gesellschaft, wie Politiker und Moralisten anfangs behaupteten. Es ließ sich einfach kein Sündenbock mehr finden, den man für das Unglück haftbar machen konnte.
Auch wenn man die Angehörigen und Nächststehenden nach vermutlichen Motiven fragte, was freilich nicht zu unsern Aufgaben gehörte, dafür waren andre zuständig, stieß man auf eine völlige Ratlosigkeit. Immer wieder bekam man zu hören: Aber er war doch beim Abendessen noch so vergnügt. Oder: Die beiden wollten doch

nur ins Kino gehen. Und dann wurde das junge Paar in einem Wagen mit laufendem Motor gefunden, die Abgase waren mittels eines Schlauches vom Auspuffrohr in den Wagen geleitet. Diese Todesart war übrigens sehr beliebt, da sie rasch und schmerzlos war. Oder der junge Mann, der beim Abendessen angeblich noch so vergnügt gewesen war, lag ein paar Stunden später bei brennender Nachttischlampe in seinem Bett und hatte eine Überdosis an Schlafmitteln eingenommen.

In beiden Fällen könnte man noch von Planung sprechen, denn im Auto führt man gewöhnlich keinen passenden Schlauch mit sich und auch die Schlafmittel müssen vorher irgendwie beschafft werden. Doch selbst dann bleibt immer noch die Frage, was denn plötzlich den Entschluß zur Ausführung veranlaßt hat. Hat das junge Paar etwas im Kino gesehen, vorausgesetzt, daß die beiden vorher noch im Kino waren, was ihnen den letzten Mut zum Weiterleben genommen hat? Hat der vergnügte junge Bursche plötzlich sein Zimmer nicht mehr ertragen können? Aber warum nicht?

Doch nur in seltenen Fällen gab es einen eindeutigen Hinweis auf vorherige Planung. Bei Gruppen-Selbstmord, der auch bei uns vorkam, muß selbstverständlich vorher eine Verabredung stattgefunden haben. Meistens jedoch blieb der Eindruck, daß die Entscheidung, soweit man von Entscheidung sprechen darf, von einer Minute zur andren getroffen worden sein mußte. Die

Leute gingen einfach stillschweigend beiseite – der Ausdruck gefällt mir –, gleichsam als ob sie, wie es auch sonst ihre Gewohnheit war, nur eben rasch auf die Straße gehen wollten, um in dem Automaten nebenan beim Krämer Zigaretten, die ihnen ausgegangen waren, zu besorgen, und dann kamen sie nicht mehr zurück.

Ein solches Aufgeben der Existenz, oder wie man es sonst nennen will, ein solches Fortgleiten von einer Minute zur andren ohne jede vorherige Überlegung brachte natürlich den Gedanken an eine Ansteckung, die die Betreffenden unversehens angeweht hatte, besonders nahe. Es widersteht mir, mein persönliches Unglück noch einmal als Beispiel anzuführen, aber bei meiner Frau war es ja nicht anders. Sie deckte noch den Frühstückstisch für die Kinder, sie sorgte für morgen vor und dann gab es plötzlich kein Morgen mehr und die Zukunft war wie weggewischt. Selbst der kleinste Abschiedsbrief hätte noch die Zukunft bestätigt, wenn auch der Betreffende selber keinen Glauben mehr daran hatte und mit der Zukunft nichts zu tun haben wollte, doch selbst für diese Art Zukunft schien es an Zeit und Raum zu fehlen.

Nur eine geringfügige Wendung, nur ein unbeabsichtigter winziger Schritt, ganz aus Versehen, und da war das Nichts mit seinem Sog. Auch für mich, der nachträglich darüber nachdenkt und die damaligen Gegebenheiten zu rekonstruieren versucht, ist es seitdem immer fühlbar da, ein Raum oder besser gesagt eine Raumlosigkeit ohne jede Logik unmittelbar neben mir. Für einen Chemiker eine beschämende Bemerkung. Oder tragen wir etwa alle diese Krankheit, um den vieldeutigen Begriff des Nichts zu vermeiden, ohne es zu wissen in uns, und sie wird aus Anlässen, die nicht unsrer Kontrolle unterliegen, plötzlich virulent und breitet sich aus?

Wenn dem so sein sollte, wäre es zu billigen, daß heute alle Welt diese furchtbaren Monate der Ratlosigkeit zu vergessen und zu verschweigen trachtet, jedenfalls solange kein wirksamer Rat dagegen gefunden ist, und das ist ja nicht der Fall. Nicht um das völlige Versagen aller Wissenschaftszweige geht es, von Politik, Gesellschaftsordnung und dem, was Ideologie genannt wird, gar nicht erst zu reden. Die Menschen nehmen das alles nicht so wichtig wie die Funktionäre es sich einbilden, sie machen nur mit, was von ihnen verlangt wird, um sich keinen Komplikationen auszusetzen. Nein, es geht darum zu verschweigen, daß einen Millimeter neben der Wirklichkeit das Nichts ist. Es geht auch darum zu verschweigen, daß die Wissenschaft selber damals an eine solche Grenze gelangt war und allerhöchstens provisorische oder prophylaktische Mittel erfinden konnte, sozusagen als Glaubensersatz.

Ich bin ja selber Wissenschaftler, wenn auch nur ein kleiner und jetzt auf Lacke und Farben spezialisiert, aber einzugestehen, daß von einem gewissen Punkt aus alles für die Katz ist, um mich dieser burschikosen Redensart zu bedienen, das

käme doch einer Selbstaufhebung aller Forschung gleich.
Man hat schon von Atomphysikern gehört, die vor Angst wieder fromm zu werden versuchten. Ich selbst habe den Vortrag eines Humangenetikers gehört, der von unserm Werk eingeladen war und im großen Saal bei uns sprach. Der Mann zeigte uns, wie einzelne Gene immer wieder aus der Reihe tanzten und sich nicht so benahmen, wie sie es seiner Theorie nach hätten tun müssen. Statt seine Theorie anzuzweifeln, hatte dieser sogenannte Gelehrte die Stirn oder die Schamlosigkeit, die eigenwillige Unregelmäßigkeit der Gene als einen Beweis für Gott zu erklären. Ich, der ich sonst nicht gern Aufsehen errege, wollte ganz gegen meine Gewohnheit aufstehen und den Vortragssaal verlassen, aber ich ließ es dann doch. Wie darf jemand, und noch dazu mit dem Nimbus eines Gelehrten, sich in aller Öffentlichkeit auf Dinge berufen, die für ihn schon längst keine Wirklichkeit mehr haben und die er nur zu glauben vorgibt, weil er sich beim Publikum eine Wirkung davon verspricht? Das ist geradezu lebensgefährlich. Lieber sollte er sich verkriechen und seine Zweifel mit sich selber ausmachen. Jedenfalls wäre es anständiger und ehrlicher gewesen, wenn der Mann sich auf Zufall oder auf den Unbestimmbarkeits-Koeffizienten berufen hätte. Meinetwegen hätte er die ganze Epidemie einen Zufall nennen können. Es gibt ja auch negative Zufälle.
Worauf ich hinaus will: solche verlogenen Be-

hauptungen, noch dazu vom Lehrstuhl herunter, können nur zu leicht eine neue Ratlosigkeit hervorrufen, darum halte ich sie für lebensgefährlich. Und darum hat es wohl trotz allem seine Berechtigung, wenn heute die Epidemie und damit die Möglichkeit einer ähnlichen Epidemie verschwiegen wird, und wenn auch nicht völlig verschwiegen, so doch als ein ernsthafter Betrachtung nicht würdiges Phänomen abgetan wird. Tu so, als ob es das Nichts – man entschuldige nochmals den inkorrekten Ausdruck – gar nicht gäbe, sonst verdirbst du dir nur den Appetit. Daß ich mir selbst damit das Wasser abgrabe und diesen Bericht nicht schreiben dürfte, wurde schon ein paarmal erwähnt.

Statt unsachlich von Ansteckung und ähnlichen unbeweisbaren Ursachen zu faseln, sollte die Wissenschaft lieber an einem andern Punkt ansetzen und sich fragen: Was befähigte die übrige Menschheit, die Epidemie zu überstehen? Was machte sie immun gegen die sogenannte Ansteckung? Selbst auf die Gefahr hin, daß dabei Tatsachen an die Oberfläche kommen könnten, die dem Menschen nicht gerade zum Ruhme gereichen.

Ich spreche nicht von älteren Leuten, die möglicherweise durch die Routine des Daseins geschützt waren, die Bezeichnung scheint mir treffend. Ich spreche von uns, die wir derselben Generation angehörten und nicht älter waren als die Opfer, die wir abtransportieren mußten. Waren wir weniger sensibel als unsre bedauernswerten Altersgenossen? Was ist unter ›weniger sensibel‹ zu verstehen? Etwa ein dickes Fell?

Man braucht nur mich zu nehmen. Nach dem, was mir zugestoßen war, hätte ich doch die Flinte ins Korn werfen müssen, und zwar mit größerer Berechtigung als all die andren, die sich das Leben nahmen und denen nachweislich nichts vergleichbar Ernsthaftes passiert war. War ich also weniger sensibel? Oder hat mich gerade mein Unglück davor bewahrt? Das wäre denn doch wohl eine ebenso unverschämte Behauptung wie der Beweis für Gott, den jener Professor vorbrachte. Drei unschuldige Wesen im Nichts verschwinden lassen, um einen einzelnen zu retten? Nur damit dieser einzelne jetzt Experimente mit Farben und Lacken anstellen kann?

Und wie steht es dann mit meinen Altersgenossen, die die Epidemie ohne sichtbaren Schaden überlebt haben, obwohl ihnen ein solches Erlebnis wie mir erspart blieb? Zugegeben, es gibt sensible Chemikalien und auch welche, die nur langsam oder kaum reagieren, das weiß jedes Kind, aber etwas in mir weigert sich zuzugeben, daß nur Leute mit einem dicken Fell eine Überlebenschance haben sollten. Hier liegt das Problem, deshalb komme ich immer wieder darauf zurück.

Lieber weise ich auf eine kleine Gruppe von Menschen hin, auf eine verschwindende Minorität, die völlig von der Epidemie verschont blieb. Die Tatsache als solche ist statistisch belegt, jedenfalls

für sämtliche Länder der westlichen oder meinetwegen kapitalistischen Welt. Da es sich jedoch um eine Minorität handelte, hielten die Wissenschaftler das Phänomen ihrer Untersuchung nicht wert; mir sind in den Archiven keinerlei Abhandlungen darüber zu Gesicht gekommen.
Und ausgerechnet von dieser Gruppe von Menschen hätte man theoretisch annehmen müssen, daß sie für Selbstmord besonders anfällig gewesen wäre. Ich spreche von Strafgefangenen, von Leuten also, die in Gefängnissen, Zuchthäusern oder sonstigen Justizvollzugsanstalten saßen. Auch in der Presse verlautete nichts darüber, offenbar schämte man sich der Tatsache.
Während die Epidemie dort, wo Menschen mehr oder weniger zwangsweise geballt zusammenleben mußten, wie zum Beispiel in Krankenhäusern, Kasernen und andern Internierungen mit Vorliebe wütete, – was die Kasernen betrifft, wurde das aus wehrpolitischen Gründen allerdings abgeleugnet. Das Militär erledigte seine Fälle selber, aber dennoch sickerte etwas durch. Und daß die jungen Soldaten es weit bequemer hatten sich umzubringen als gewöhnliche Sterbliche, war nur zu klar, da sie über Waffen verfügten. Den Angehörigen gegenüber wurden solche Fälle als Diphterie oder dergleichen ausgegeben, eine alte Masche übrigens aus der Nazizeit und den Euthanasie-Experimenten. Wir vom Bereitschaftsdienst ließen uns durch solche faulen Ausreden nicht täuschen und lachten darüber – während also die Epidemie dort überall

reiche Ernte fand, verschonte sie die Strafanstalten völlig.
Wie soll man das erklären? Ich weise nur auf den Begriff Haftpsychose hin, und daß innerhalb von Gefängnismauern ein solche Psychose im Handumdrehen um sich greifen kann, war doch von jeher der Verwaltung bekannt. Die böswillige Unterstellung, die man aus bürgerlichen Kreisen vernahm, die Gefangenen seien eben so hartgesottene Kerle, daß eine kleine Epidemie ihnen nichts anhaben könne, kann wohl als absurd bezeichnet werden. Da war es schon beinahe richtiger, was einer von uns, ich habe vergessen wer, dazu äußerte. Da haben wir es endlich, meinte er, werden wir alle Verbrecher, dann ist die Menschheit gerettet.
Und warum brachten sich die Aufseher, die nach ihrer Tätigkeit zu ihren Familien nach Haus gingen, um?
Sicher kamen in Zuchthäusern auch hin und wieder Selbstmorde vor, nur daß die Epidemie nachweislich nicht der Grund dafür war. Auch hinterließen die Betreffenden gewöhnlich einen Zettel, auf dem sie die Gesellschaft anklagten und sich wie üblich für unschuldig erklärten. Eher jedoch konnte eine Abnahme solcher Selbstmorde registriert werden, wenn man den Zahlen Glauben schenken darf, und das nicht nur bei uns in Europa, sondern auch für berüchtigte Gefängnisse in den USA. Wie es mit den Straflagern der Sowjet-Union stand, dafür fehlt jeder Anhalt.
Um an dieser Stelle gleich mit dem Thema So-

wjet-Union ein für allemal Schluß zu machen, denn mir liegt nichts daran, politische Hetzer in Nahrung zu setzen: wie schon erwähnt, wurde die Epidemie zu Beginn als ›Westliche Dekadenz‹ und als ›Selbstmord des Kapitalismus‹ verhöhnt. Auch verhältnismäßig genaue Zahlen aus einigen Großstädten wurden gebracht, und zwar noch bevor man sich bei uns statistisch dafür interessierte. Die östlichen Zeitungen müssen gute Berichterstatter gehabt haben.

Das hörte mit einem Schlage auf. Über Finnland oder Schweden kamen Nachrichten, daß die Epidemie auch in Warschau – oder war es Prag? – um sich greife, und von da an schwiegen die marxistischen Zeitungen über dies Thema. Statt dessen hörte man aus Peking die wildesten Gerüchte über das Wüten der Epidemie in der Ukraine und am Schwarzen Meer, von einer Dezimierung der an der chinesischen Grenze stationierten Armee war die Rede, von einem Flüchtlingsstrom, der sich angeblich ins gesunde China wälzte und von Vorsichtsmaßnahmen der chinesischen Regierung zum Schutze ihres Volkes. Immer vorausgesetzt natürlich, daß man den Nachrichten in amerikanischen und europäischen Zeitungen Vertrauen schenkt, die ihrerseits auch nur Ablenkungsmanöver gewesen sein können. Nicht einmal die Schlagzeile ›Sowjetische Dekadenz‹ fehlte, die als Folge des Verrats am wahren Marxismus erklärt wurde.

Über China selbst kein Wort. Wir werden wohl nie erfahren, wie es dort mit der Epidemie stand.

Bei einem so riesigen Volk, das noch dazu seit Jahrtausenden an Überschwemmungen, Hungersnöte und Epidemien gewöhnt war, dürften ein paar Selbstmorde mehr kaum aufgefallen sein, zumal Selbstmord dort der Tradition nach eine mehr rituelle Handlung war.
Jedenfalls prahlte Peking mit der Gesundheit seines Landes. Moskau dagegen posaunte fast gleichlautende Gegenargumente in die Welt. Selbstverständlich hieß es, daß die bösen Chinesen durch ihre Kulturrevolution und als Abweichler von der einzig wahren Doktrin ihr Volk zur Verzweiflung brächten.
Dies unsinnige Geschwätz verrät uns Heutigen höchstens, daß die marxistischen Länder alle Hände voll zu tun hatten, mit denselben Problemen wie der Westen fertig zu werden. Nach und nach hörte man denn auch von Journalisten und Reisenden, von Umsiedlern und Flüchtlingen, daß die Epidemie im Osten genauso herrschte wie bei uns. Man brauchte natürlich nicht alles zu glauben, was erzählt wurde, zum Beispiel, wenn eine Flüchtlingsfrau uns weismachen wollte, daß ein ganzes Dorf oder eine Kolchose sich mit Mann und Maus umgebracht habe. Aber wenn man alle Nachrichten zusammenfaßt, kommt man zu dem Ergebnis, daß die Epidemie sich nicht darum scherte, ob ein Land demokratisch oder autoritär regiert wurde. Und damit genug davon.
Um noch einmal auf die Strafgefangenen zurückzukommen: Das Phänomen, daß die Epide-

mie offenbar die Gefängnismauern nicht zu übersteigen vermochte, wurde von der Wissenschaft wie schon gesagt überhaupt nicht zur Kenntnis genommen. Wie wir vom Bereitschaftsdienst darüber dachten, wurde auch schon erzählt.

Immerhin sprach ich eines Nachts mit dem jungen Geistlichen darüber. Er meinte: ›Sie haben die Hoffnung, oder wenn Sie wollen, die Utopie auf Freiheit, das macht sie gefeit.‹ Mehr nicht, und ob das als Erklärung genügt, überlasse ich andren zu beurteilen.

Ob die Kriminalität in den schlimmsten Monaten zunahm, läßt sich auch nicht sagen. Man nahm von gewöhnlichen Morden, Totschlägen und Vergewaltigungen kaum Notiz, sie waren sozusagen uninteressant geworden. Mag sein, daß Einbrüche in Apotheken und bei Ärzten zunahmen, um Gifte oder Rezeptformulare zu beschaffen, aber auch das war schließlich nichts Neues, das war schon während der vorausgehenden Rauschgiftperiode üblich gewesen.

Mancher wird sich vielleicht wundern, daß das Thema Rauschgift bisher noch nicht von mir gestreift wurde. Das hat seinen guten Grund. Sicher könnte man die Epidemie, und das wurde damals auch getan, eine logische Fortsetzung, der Drogensucht nennen, die bekanntlich seit zehn oder mehr Jahren immer mehr um sich gegriffen hatte. Mit Fortsetzung oder Folge ist gemeint, daß sich ja auch Süchtigkeit als eine Art Flucht bezeichnen läßt, Flucht vor eigenem Nachdenken, vor Verantwortung und Bewußt-

heit, ganz gleich wie man es nennen will, diese Begriffe sind so abgenutzt und haben einen üblen moralischen Beigeschmack. Die jungen Leute plapperten zwar allerlei von erhöhtem Lebensgefühl, von Intensität und ähnlichem; ein Primaner, mit dem ich einmal deswegen diskutierte, konnte mir nicht genug vorschwärmen von irgendwelchen abgründigen Erlebnissen, die einem durch den Rausch zuteil würden, und welch einen Gewinn an Persönlichkeit solche Erlebnisse einbrächten. Es wäre zwecklos gewesen, ihm erklären zu wollen, daß es sich bei Rausch doch eher um Zerstörung der Persönlichkeit oder um Auslöschung von Bewußtheit handle. Und wer so töricht gewesen wäre, ihnen erklären zu wollen, daß Unglück oder Scheitern einen Gewinn bringen könne, da es die Widerstandskraft stärke, wäre schön angekommen, man hätte ihn einen feigen Kompromißler innerhalb einer verrotteten Gesellschaftsordnung genannt. Die Jungen wußten eben alles besser als ein Chemiker, der von berufswegen mit Giften zu tun hat.
Doch zur Sache! Auch mit einem Kriminalbeamten sprach ich darüber. Es gab im Bereitschaftsdienst natürlich auch Kriminalbeamte. Der, mit dem ich sprach, gehörte dem Rauschgiftdezernat an und wie ich glaube sogar dem Interpol. Selbstverständlich interessierte sich die internationale Polizei dafür, ob die Opfer der Epidemie drogensüchtig wären. Die Opfer selber waren der Polizei völlig gleichgültig, ihr ging es allein darum, auf die Weise den Rauschgifthändlern und Ver-

teilerorganisationen auf die Sprünge zu kommen.
Auch der, den ich fragte, ein abgebrühter, nicht gerade sympathischer Mann, hatte nicht das geringste für psychologische Spitzfindigkeiten übrig. Vielleicht war er sogar mehr darauf aus, uns vom Bereitschaftsdienst zu kontrollieren, ob wir Drogen einnähmen oder uns welche aneigneten, wenn wir bei den Opfern welche fanden. Mir ist jedoch in dem allerdings kleinen Kreise, in dem ich beschäftigt war, nichts dergleichen bekannt geworden. Wir hätten es bestimmt gemerkt.
Daß hier und da Opfer der Epidemie vorher drogensüchtig gewesen waren, stimmt, das ging aus dem Jammern der Angehörigen oder aus Einstichen in Schenkel und Unterarm oder aus sonstigen Indizien hervor. Aber das war nur ein geringer Prozentsatz, die Zahl der Opfer, die nachweislich nie Rauschgiftmittel genommen hatten, war weit größer. Auch heute dürfte es ja genügend Menschen geben, die Drogen verfallen sind und trotzdem nicht daran denken sich umzubringen. Eher ließe sich sagen, daß ihnen durch das Rauschgift die Energie zum Selbstmord geraubt wird.
Selbst wenn ein Zusammenhang bestehen sollte, das heißt, wenn man Selbstmord als die wirksamste und endgültigste Droge auffaßt und damit die Epidemie als eine andre Art Rausch kategorisiert, die Frage bleibt dieselbe. Wie konnte es zu dem allgemeinen Versagen kommen?

10

Viele werden erwarten, daß ich in diesem Bericht mehr Beispiele aus unsrer Tätigkeit im Bereitschaftsdienst bringe, doch das ergäbe nur eine Häufung von Sensationen. Für uns Beteiligten war damals nichts Sensation, wir hatten nur eins im Sinn, so schnell wie möglich mit jedem Einzelfall fertig zu werden, um für den nächsten Fall parat zu sein.
Obduktionen wurden übrigens nur sehr selten vorgenommen, auf der Höhe der Epidemie gab es auch nicht annähernd genug Chirurgen dafür. Die Behörden verließen sich, was die Todesursache betraf, auf die Aussagen der jeweiligen Mannschaft, ein Arzt war ja sowieso dabei, und festzustellen, ob es sich um Selbstmord handelte oder nicht, war schließlich kein Kunststück. Und selbst wenn wir uns irrten, was machte das schon aus?
Mir ist nur ein einziger zweifelhafter Fall bekannt, den wir der Kriminalpolizei meldeten und das auch mehr nur wegen der andern Bewohner des Hauses; uns hätte die Frage nicht aufgeregt. Der Klatsch der übrigen Mieter, die im Treppenhaus herumlungerten, als wir mit unsrer Bahre erschienen, ließ uns keine andre Wahl. Es fiel

eine Bemerkung etwa der Art: Na, hat sie es endlich geschafft, den armen Kerl unter die Erde zu bringen, oder so ähnlich. Es handelte sich um Vergiftung und es kann ja auch durchaus so gewesen sein, daß die Ehefrau dem Mann das Zeug eingegeben hatte, um ihn bei dieser Gelegenheit loszuwerden. Es ist auch durchaus möglich, daß so etwas häufiger vorkam, aber was ging uns das an?

Das zu untersuchen war nicht unsre Sache. Es war so wenig unsre Sache, daß es uns sogar widerstrebte, derartige Zweifelsfälle der Polizei zu melden. Wozu noch alles komplizieren? Davon wurde niemand wieder lebendig.

Die Todesarten waren so mannigfaltig wie nur möglich. Oft hatten wir den Eindruck, daß die Jungens, um nur ja nicht als altmodisch zu gelten, wenn sie die altbewährten Methoden anwendeten, sich besonders umständliche Todesarten ausdachten. Wir verfluchten dann unser Schicksal, weil es unsre Arbeit erschwerte.

Ich denke dabei an einen Fall, mit dem ich allerdings selber nichts zu tun hatte, denn er passierte gleich zu Anfang der Epidemie, als ich noch im Hygienischen Institut arbeitete. Der Enkel des alten Labordieners, den wir alle nur Onkel Otto nannten, hatte sich mit einer Sprengkapsel, die er sich in den Mund gesteckt hatte, ums Leben gebracht. Den Sprengstoff hatte der neunzehnjährige Bengel, wie die nachherige Untersuchung ergab, selber hergestellt. Er war dann mit seinem kleinen Motorrad in die Umgebung der Stadt gefahren, um sich dort in die Luft zu sprengen. Das Motorrad stand sauber an einen Baum gelehnt und war nicht beschädigt. Welch eine Mühe sich umzubringen, möchte man sagen.

Wir im Institut mußten uns nur deshalb mit dem Fall befassen, weil die Kriminalpolizei, die zu Anfang der Epidemie noch die Untersuchung in Händen hatte, unsern guten Onkel Otto verdächtigte, er hätte seinem Enkel die Mittel zu dem Sprengstoff aus unserm Labor beschafft. Der alte Mann stand kurz vor seiner Pensionierung, er war schon über dreißig Jahre bei uns tätig und verstand mehr von Chemie als wir jungen Assistenten. Entrüstet über die Anschuldigung erhob sich das gesamte Institut wie ein Mann und paukte unsern Onkel Otto auch sofort heraus, zumal es sich leicht nachweisen ließ, daß wir Hexogen, TNT, Aluminiumpulver und was sonst noch dazu gehört, nie im Labor gehabt hatten.

Überhaupt, wenn doch die jungen Menschen uns nur vorher gefragt hätten, von vielen Mitteln hätten wir ihnen dringend abgeraten, weil sie einen langstieligen und höchst schmerzhaften Tod zur Folge hatten. Zum Beispiel von Arsen, um nur das zu erwähnen, sollte jeder Laie vernünftigerweise die Finger lassen. Wir fanden ein junges Mädchen in der Toilette vor dem Klosettbecken, wohin sie offenbar unter Krämpfen gekrochen war, um sich zu erbrechen. Die Herkunft des Giftes ließ sich diesmal unschwer feststellen, was sonst nicht immer leicht war. Die junge

Dame war eine Zahnarzttochter und hatte das Zeug in der Praxis ihres Vaters gestohlen, der wohl Arsen für irgendwelche Zwecke benötigte. Wenn das dumme Ding sich nur selber hätte sehen können wie sie aussah, als sie da vor dem Klosettbecken lag, von oben bis unten von Erbrochenem und so weiter beschmutzt, dann hätte sie sich die Sache bestimmt noch dreimal überlegt.

Doch natürlich wurden auch die altmodischen Todesarten noch angewendet, unter anderm das Öffnen von Pulsadern. Wir haßten das übrigens besonders wegen des vielen Blutes, das wir zumindest oberflächlich beseitigen sollten. Wohin mit der blutgetränkten Bettwäsche? Etwa in die Waschmaschine? Mehr jedoch haßten wir es, wenn jemand sich aus dem Fenster aufs Straßenpflaster stürzte. Du lieber Himmel, welch eine Mehrarbeit für uns! Was blieb uns denn andres übrig, als alles vom praktischen Gesichtspunkt aus zu betrachten?

Statt hier unappetitliche Einzelheiten aus unsrer Tätigkeit anzuhäufen, scheint doch die naheliegende Frage weit interessanter, ob wir hin und wieder auch Gelegenheit hatten, ein Opfer zu retten. Soweit man von Retten sprechen kann, wenn jemand beschlossen hat, seinem Leben ein Ende zu machen. Tatsächlich wurde uns von einem Opfer, einem jungen Mann, der Vorwurf gemacht: Warum haben Sie mich nicht einfach einschlafen lassen? Das hatte uns noch gefehlt.

Wie gesagt, manchmal, wenn auch so selten, daß es kaum ins Gewicht fiel, traten wir noch gerade rechtzeitig in Erscheinung. Zum Beispiel das erwähnte Öffnen von Pulsadern ist eine nicht unbedingt zuverlässige Methode, da die Adern sich zuweilen von selber schließen, selbst dann, wenn der Betreffende vorher eine halbe Flasche Schnaps ausgetrunken hatte.

Einer unsrer Staffeln gelang es einmal, den sogenannten Gruppen-Selbstmord von sechs jungen Menschen zu verhindern. Ich habe vergessen, ob einer von ihnen es im letzten Moment mit der Angst bekommen und die Polizei angerufen hatte oder ob wir von Nachbarn darauf aufmerksam gemacht worden waren, daß in der Wohnung über ihnen etwas vor sich ging. Man mußte in solchen Fällen allerdings immer mit Fehlanrufen rechnen. Irgendeine Frau, die nicht einschlafen konnte oder der Nachbarin etwas am Zeuge flicken wollte, griff dann unter Berufung auf ihre Bürgerpflicht zum Telefon.

Andrerseits wiederum kam es auch vor, daß die Opfer die Telefonleitung, falls Telefon vorhanden war, voller Vorbedacht durchgeschnitten oder aus der Wand gerissen hatten. Manchmal gab es dabei Kurzschluß, der durch die Kontrollvorrichtungen auf dem Fernsprechamt registriert wurde, was man uns dann meldete.

Der größte Teil der ›Geretteten‹ bestand natürlich aus solchen, die es mit Schlafmitteln probiert hatten. Manche fingen es so unglaublich dumm an, daß man Verdacht hatte, sie wollten nur zu gern ›gerettet‹ werden. Man braucht nicht Medizin studiert zu haben um zu wissen, wie unterschiedlich solche Mittel auf die einzelnen Personen wirken. Bei manchen genügt eine verhältnismäßig geringe Überdosis, um den Tod herbeizuführen, während der Organismus andrer eine Dosis absorbiert, die nach allen Lehrbüchern als tödlich gilt. Selbstverständlich spielt bei Schlafmitteln auch der Zeitfaktor eine entscheidende Rolle.

Wenn wir bei einem Opfer noch schwache Lebenszeichen feststellen konnten, schafften wir es auf dem kürzesten Wege ins Krankenhaus, wo ihm der Magen ausgepumpt wurde oder was sonst in solchen Fällen unternommen wird. Ob man die Opfer nach ihrem Wiedererwachen dann noch weiter behandelte, etwa indem man sie einer psychiatrischen Klinik überwies, entzieht sich meiner Kenntnis. Das war schon nicht mehr unsre Sache.

Wenn wir Glück hatten, fanden sich bei den Opfern Pillenschachteln und Glasröhrchen, so daß wir den Ärzten wenigstens angeben konnten, um welche Mittel es sich handelte. Unbedingt verlassen konnte man sich auch darauf nicht, denn es gab Opfer, die zur Irreführung solche Glasröhren offen herumliegen ließen. Seltsam, wie weit vorausdenkend einige ihre Absicht ausführten.

Wie uns die jungen Ärzte, die unsern Staffeln zugeteilt waren, versicherten, sollen die ›Geretteten‹, um diese absurde Bezeichnung beizubehalten, sämtlich von der Sucht sich umzubringen geheilt gewesen sein. War das nur eine ärztliche Prahlerei? Uns schien das ganz unglaubhaft, denn es ist ja nur zu bekannt, daß Alkoholiker und Drogensüchtige nach einer Entziehungskur nur zu bald wieder rückfällig werden. Doch im Unterschied dazu soll, wie die Ärzte steif und fest behaupteten, nicht ein einziger Fall bekannt geworden sein, daß ein ›Geretteter‹ sich nach der Entlassung aus der Klinik das Leben genommen hat. So als ob Selbstmord nicht wiederholbar wäre, und eine Steigerung darüber hinaus läßt sich ja auch in der Tat nicht denken. Das ist wie mit Masern und Keuchhusten, meinten die Ärzte, wenn man das einmal in der Kindheit gehabt hat, braucht man sich nicht mehr vor Ansteckung zu fürchten.

Darüber wüßte man gern mehr. Denn wenn es nicht nur Geschwätz war, was uns die Ärzte damals erzählten, fragt man sich doch als erstes: Was ist aus den ›Geretteten‹ geworden? Die Frage ist sogar noch wichtiger als die nach denen, die wie ich an der Epidemie aktiv beteiligt waren. Sind sie wieder normale Menschen geworden, üben ihren Beruf aus wie alle und sitzen abends vor dem Fernsehschirm? Oder merkt man ihnen nur deshalb nichts an, weil wir alle viel zu gleichgültig sind? Es könnte ja zum Beispiel einer der Laboranten sein, der mir am Labortisch gegenüber steht. Manchmal streife ich ihn mit einem kurzen Blick, doch seine Hand zittert ebensowenig wie meine, wenn er aus der Retorte etwas in eine Schale tropfen läßt und dabei zählt.

Sicher belaste nur ich mich mit solchen Gedanken. Außerdem ist doch klar, daß keiner von den sogenannten ›Geretteten‹ zugeben wird, daß er einmal drauf und dran war sich umzubringen und daß man ihn mehr aus Versehen von außerhalb zurückgerufen hat. Trotzdem macht es mich manchmal traurig, daß es kein Zeichen geben sollte, ich meine natürlich nicht Narben und dergleichen, woran man einander erkennen könnte. Haben sie resigniert und sich abgefunden? Das wäre furchtbar, fast so furchtbar wie die Epidemie selbst. Ein junger Vetter von Hilde sagte neulich, als er uns besuchte, ich habe vergessen, wie wir auf dies bei uns vermiedene Thema gekommen waren: ›Um ein Haar hätte ich dummer Bengel damals den Blödsinn mitgemacht, ich gehörte so einem Kreis an. Na ja, aber ich hatte denn doch zu viel Köpfchen.‹ Wörtlich so.

Ich meinerseits bin wissentlich nur mit einem einzigen ›Geretteten‹ zusammengewesen, und das war noch während der Epidemie. Ich glaube nicht einmal, daß er als typisch gelten konnte. Er war ein ausgesprochener Intellektueller. Er muß schon gleich zu Anfang der Epidemie, als nicht von ihr als solcher gesprochen und nur eine Zunahme der Selbstmorde konstatiert wurde, versucht haben, sich das Leben zu nehmen; auf welche Weise und wie man ihn noch rechtzeitig dabei ertappte, weiß ich nicht und es spielt auch keine Rolle. Nur so konnte es geschehen, daß man ihm nach seiner Entlassung aus dem Krankenhaus erlaubte, sich freiwillig zum Bereitschaftsdienst zu melden.

Er gehörte zu unsrer Staffel, ohne daß wir eine Ahnung von seiner Vergangenheit hatten. Mir ist nicht bekannt, ob man später noch andren ›Geretteten‹ gestattet hat, sich an unsrer Aufgabe zu beteiligen. Vermutlich hätten wir Einspruch erhoben und solche Leute als unzuverlässig abgelehnt. Trotz einer Theorie, ich weiß nicht, welcher Gemütsmensch sie in die Welt setzte, daß der tägliche Umgang mit den Opfern der Epidemie das wirksamste Mittel gegen Anfälligkeit sei. Eine wahrhaft humane Therapie! möchte man ausrufen. An Kaltschnäuzigkeit übertrifft das selbst noch die Militaristen, die mit atomaren Waffen herumspielen wie Kinder mit Spielzeugpistolen.
Wenn mich meine Erinnerung nicht täuscht, gehörte er schon zu unsrer Staffel, als mir das Unglück mit meiner Frau passierte. Bestimmt hatte auch er davon gehört, doch in diesem Fall, das muß man ihm lassen, hielt er sich wie alle andren zurück und verlor kein Wort darüber. Er hatte nämlich sonst die Angewohnheit, zu allem und jedem eine geistreiche Bemerkung oder ein Witzchen zu machen, was oft lästig war. Später habe ich begriffen, warum er das tat und nahm ihn so hin wie er war.
Der ›Gerettete‹, von dem ich rede, war ein junger Jurist, schätzungsweise fünfundzwanzig; er stand, wenn ich nicht irre, kurz vor seiner Dissertation.
Wir drei Akademiker, um den jungen Geistlichen mitzuzählen, hielten ein wenig zusam-

men, ohne uns deshalb abzusondern oder uns gar mit unsrer akademischen Bildung aufzuspielen, damit wären wir bei den Kameraden schön angekommen. Es hatte sich ganz von selber ergeben, weil wir drei nicht Karten spielen konnten. Aber es gibt ja nun einmal dies unbewußte Zusammengehörigkeits-Gefühl oder wie man es nennen will, und sei es nur, weil man dieselbe Sprache spricht. Das soll nicht etwa heißen, daß wir in den kurzen Pausen unsrer Tätigkeit irgendwelche wissenschaftlichen Gespräche führten, dazu waren wir viel zu müde und außerdem eignete sich die Situation nicht dafür.
Es war ein Gesprächsfetzen, der mich zuerst über den jungen Juristen nachdenken ließ. Wir hatten gerade ein Opfer aus dem Studentenwohnheim abzuholen. Der Student hatte sich erschossen, ein sauberer Herzschuß ohne viel Mühe für uns; die Waffe lag noch da. Von den Studenten, die uns auf dem Korridor vor dem Zimmer sehr im Wege standen, erfuhren wir, daß er Mitglied einer anarchistischen Studentengruppe gewesen war. Seine Genossen zögerten natürlich nicht, mit einigem Stimmaufwand der Bourgeoisie die Schuld zu geben oder meinetwegen auch dem Establishment oder dem restriktiven Universitätssystem. Für uns war das nichts Neues, die Jungens standen uns nur im Wege. Kurz, wir drängten sie beiseite, ohne von den Redensarten Notiz zu nehmen. Daß es sich um einen Mathematik-Studenten handelte, erfuhren wir durch die Aufnahme der Personalien.

Nur eben, daß der junge Jurist, als wir das Opfer auf die Tragbahre hoben, sich diesmal im Zimmer umsah und es ihm wohl mehr aus Versehen herausfuhr: ›Einen Stock höher habe ich auch einmal gehaust, genau so. Die *Heile Welt* nannten wir diesen Stall schon damals.‹
Das war zunächst alles. Wir trugen die Bahre die Treppe hinunter und schoben sie in den Wagen. Ob man es glaubt oder nicht, als wir abfuhren, standen die Genossen mit geballter Faust da und sangen die Internationale. Auch das war schließlich nichts allzu Neues für uns. Es war eben ihre Art, den Toten zu ehren; uns ging das nichts an, wir waren wie immer in Eile. Nur daß der Jurist, als wir anfuhren und gedrängt nebeneinander saßen, noch bemerkte: ›Früher hätten sie wohl *Näher mein Gott zu Dir* gesungen.‹
Das war eine von seinen taktlosen Bemerkungen, von denen ich schon sprach, sie war mir peinlich wegen des jungen Geistlichen, aber der tat, als ob er nichts gehört hätte. Erst allmählich begriff ich, daß es damit für den Juristen mehr auf sich hatte.
Denn ein wenig später, als wir schon wieder in der Schule waren und auf den nächsten Einsatz warteten, kam er ganz gegen unsre Gewohnheit noch einmal darauf zurück. ›Also nicht einmal die Mathematik hat eine brauchbare Formel für das Leben‹, meinte er, als wir da mit unserm Kaffee vor uns am Tischende saßen. Auch das war wieder eine taktlose Herausforderung, aber der junge Geistliche überhörte sie. Jedenfalls

wurde mir klar, daß dieser besondere Fall dem Juristen mehr zu denken gab als üblich, denn meistens wurde von einem erledigten Fall nur noch wegen der Arbeit, die er uns gemacht hatte, gesprochen.
War es deshalb, weil das Opfer im Studentenwohnheim gefunden wurde, wo er selbst früher gewohnt und vielleicht sogar seinen mißlungenen Selbstmordversuch unternommen hatte?
Ob es noch in derselben Nacht war oder in einer andern Nacht, läßt sich nach so langer Zeit nicht mehr sagen, eins jedenfalls steht fest, das, was ich jetzt erzähle, muß mehr gegen Morgen geschehen sein, denn irgendwo in der Nähe begann eine Kirchenglocke zu läuten.
Es wäre hier noch rasch hinzuzufügen, was ich, glaube ich, bislang nicht erwähnt habe, daß die weitaus größere Anzahl der Selbstmorde morgens zwischen 2 und 6 Uhr stattfand, also vor Tagesanbruch. Das läßt sich statistisch belegen und wir vom Bereitschaftsdienst konnten ein Lied davon singen, wir wurden in den Stunden geradezu hin und her gejagt. Auch an pseudo-wissenschaftlichen Abhandlungen darüber fehlte es nicht, vor allem die Industrie mit ihrem vielgerühmten Tiefenschlaf machte sich das zunutze.
Ob nun bei dieser Gelegenheit oder ein andres Mal, denn mehr als solche Gesprächsfetzen sind mir nicht im Gedächtnis geblieben, auf jeden Fall begannen irgendwo Kirchenglocken zu läuten. Es kann ja auch ein altgewohnter Feiertag gewesen sein, die üblichen Feiertage wurden

trotz allem streng eingehalten, obwohl die Epidemie auf den Kalender keine Rücksicht nahm und unsre Arbeit dadurch um nichts geringer wurde.
Einer der Skatspieler warf, als er die Glocken hörte, seine Trumpfkarte mit einem solchen Faustschlag auf den Tisch, daß die Tassen klirrten, und rief dazu: ›Das gibt wieder Mehrarbeit.‹
Wir saßen wie gewöhnlich am Ende des langen Tisches und der junge Jurist rief zurück: ›Das ist eine evangelische Kirche.‹
›Na und?‹ antwortete der Skatspieler, ohne von seinen Karten oder dem Block, auf dem er die Spiele notierte, aufzublicken.
Dies Gespräch dürfte wohl doch in derselben Nacht stattgefunden haben, weil es mir scheint, als habe der Jurist sich damit für die taktlose Bemerkung auf der Rückfahrt vom Studentenwohnheim bei dem Geistlichen entschuldigen wollen; denn daß es ihm um die Verteidigung einer Konfession gegangen sein sollte, war für den, der ihn kannte, einfach absurd. Der junge Geistliche tat denn auch weiter so, als ob er nichts gehört hätte, und goß vorsichtig den Kaffee, der bei dem Faustschlag übergeschülpt war, aus der Untertasse in die Tasse zurück. Es waren sehr dicke Steinguttassen, das erwähnte ich wohl schon.
Wie der Jurist es herausgefunden hatte, daß der andre ein Geistlicher war, weiß ich nicht, denn dieser gab sich wie alle andren und besondere Kennzeichen gab es nicht. Die meisten hielten

ihn für einen vom Rundfunk, vermutlich wegen seiner gepflegteren Aussprache, und dabei blieb es. Schließlich hatte ich es ja auch herausgefunden, warum nicht ein andrer.
Eines Nachts nämlich hatte ich gehört, wie er ihn mit ›Hochwürden‹ anredete, sehr leise, das ist wahr, doch ich stand zufällig daneben. Wir waren gerade dabei, gewaschene Overalls in Empfang zu nehmen. Wir mußten sie täglich wechseln, oft sogar mehrere Male in der selben Nacht, wegen der Blutflecke, die sich nicht immer vermeiden ließen. Wegen der Angehörigen wäre es untunlich gewesen, gleich mit blutiger Kleidung zu einem neuen Opfer zu kommen. Oder auch unhygienisch, wenn man das lieber will.
Der Jurist machte eines seiner Witzchen, im Flüsterton wie gesagt. Etwa in dem Sinne, denn ich kann das nicht mehr wörtlich zitieren: ›Wie gefällt denn Hochwürden dieser Ornat?‹
›Sie haben ja, wie ich sehe, auch Ihren Talar abgelegt, Hoher Herr Gerichtshof. Er wäre auch gar zu unpraktisch‹, gab diesmal der Geistliche zurück, während er in die Hosen des Overalls schlüpfte.
›Gut gegeben!‹ antwortete der Jurist, und als wir den Umkleideraum verließen, wo jeder seinen Spind hatte, in dem wir unsre Straßenkleidung aufbewahrten, hielt er es noch für nötig mir zuzuflüstern: ›Welch ein Hochmut anzunehmen, daß jemand, der im Priesterseminar erzogen wurde, weniger anfällig sein soll als einer, der ein paar juristische Kollegs gehört hat.‹

Der Geistliche tat wie immer, als ob ihn das nicht beträfe. Wir wurden auch schon wieder zum nächsten Einsatz gerufen.

Dies ›Gut gegeben!‹ ist mir im Ohr geblieben, da der junge Jurist den Ausruf öfters gebrauchte.

Ganz gleich, wann dies Gespräch stattfand, nur zu gern hätte ich von ihm erfahren, was ihn dazu gebracht hatte, sein Leben wegzuwerfen. Oder genauer gesagt, was in solchen letzten Minuten vor sich geht. Aber danach zu fragen, war natürlich nicht zulässig.

Und noch eins: im allgemeinen duzten wir uns selbstverständlich, wie das in solchen Kameradschaften üblich ist, und es ist ja auch viel einfacher. Aber wenn wir drei unter uns waren, fielen wir ganz von selbst und ohne daß wir uns hätten einen Ruck geben müssen, ins Sie zurück. Seltsam, aber so war es.

Doch um endlich auf die Nacht zurückzukommen, in der wir aus dem Studentenwohnheim das Opfer abgeholt hatten: wie schon angedeutet, schien der Fall auf den jungen Juristen einen tiefen Eindruck gemacht zu haben. Er hatte zwar den Studenten nicht gekannt, irgend jemand muß ihn danach gefragt haben, vielleicht noch im Studentenheim, als wir den Toten auf die Bahre legten, aber er verneinte es achselzuckend. ›Vielleicht habe ich ihm einmal in der Mensa gegenüber gesessen, doch es gibt Hunderte, wie soll man sie auseinanderkennen.‹ Das war alles.

Wir saßen an unserm angestammten Platz am Ende des Tisches, jeder mit seiner Tasse Kaffee vor sich, während weiter oben mehrere Skatpartien in Gang waren. Ich hatte die Zeitung vor mir ausgebreitet, und zwar die Seite mit den Stellenangeboten nach oben. Das läßt beinahe vermuten, daß sich das bereits zu einem Zeitpunkt zugetragen hat, als sich ein Abflauen der Epidemie bemerkbar machte, doch sicher ist das nicht. Den Entschluß, meine Stellung zu wechseln, faßte ich schon bald nach dem Unglück mit meiner Frau. In das Hygienische Institut wollte ich nicht wieder zurückkehren.

Mich interessierten die Stellenangebote der Industrie. Die großen Konzerne brauchen ja immer Chemiker und sparen nicht mit überdimensionalen Anzeigen, in denen die rosigsten Erfolgschancen versprochen werden. Es gehört wohl zur Reklame.

Der junge Jurist saß am Kopfende des Tisches und der Geistliche mir gegenüber. Ihre Namen dürfen selbstverständlich nicht genannt werden, nicht einmal die Vornamen, denn es könnte geschehen, daß sich jemand aus unsrer Staffel ihrer erinnert.

Ich hörte nur mit halbem Ohr hin, worüber sie sich unterhielten; ich studierte die Anzeigen und außerdem war ich müde. Sowieso war man meistens schweigsam, wenn man von einem Einsatz zurückkam. Die Skatspieler hatten es in der Hinsicht besser, sie brauchten nur ihre Karten wieder aufzunehmen und die Farbe anzusagen. Aber soll einer deswegen Skatspielen lernen?

Wegen des Platzes am Kopfende des Tisches hatte

es schon wiederholt alberne Höflichkeitsfloskeln gegeben, wie wir sie bei dem Juristen gewohnt waren. Er wollte sich an uns reiben, um sich abzureagieren. Er hatte auf den Stuhl am Kopfende hingewiesen und mit einer übertriebenen Verbeugung gesagt: ›Der Theologie das Präsidium.‹
Eine ganz ähnliche dumme Äußerung hatte ich schon einmal von ihm gehört, nämlich als wir irgendein Opfer auf die Tragbahre gelegt hatten und es darum ging, wer von den beiden die Handgriffe am Kopfende nehmen und wer hinten gehen sollte. Mit Kopfende ist natürlich nicht der Kopf des Opfers gemeint, denn schon wegen der Treppen schafften wir die Toten mit den Beinen voran aus den Wohnungen. Meistens griff man einfach zu, wie es gerade kam. In dem geschilderten Fall jedoch konnte der Jurist es sich nicht verkneifen, leise zu bemerken: ›Die Theologie hat den Vortritt.‹ Gottseidank hörte es außer mir niemand.
Damals verdrossen mich diese dummen Witze, wenn ich ihm auch keine Vorhaltungen deswegen machte; darauf legte er es vielleicht sogar an, aber ich wollte mich nicht auf sinnlose Debatten einlassen. Auch der junge Geistliche nicht, seine Haltung war vorbildlich.
Heute ist mir klar, daß der junge Jurist bewußt den Clown spielte, unter Umständen sogar vor sich selber. Er wollte lieber lästig fallen als merken lassen, daß er ein Geretteter war. Wie komisch wirkt diese Bezeichnung, nicht nur im Hinblick auf ihn. Als ob es unser Verdienst gewesen

wäre, wenn wir zufällig noch rechtzeitig zu einem der Opfer kamen. Als ob es überhaupt einen Retter gegeben hätte.
Wie schon erwähnt, in jener Nacht hörte ich nur mit halbem Ohr hin. Auf die Bemerkung ›Der Theologie das Präsidium‹ entgegnete der junge Geistliche nur: ›Nein, dem Strafgesetzbuch‹ und setzte sich auf den Platz mir gegenüber. Wahrscheinlich erfolgte daraufhin der übliche Ausruf des Juristen: ›Gut gegeben!‹
Dann war es eine Weile still, außer dem Krach natürlich, den die Kartenspieler machten. Wir rührten mit dem Löffel in unsern Tassen oder pusteten auf den heißen Kaffee. Und ich wie gesagt überflog dabei die Anzeigen in der Zeitung.
Plötzlich sagte der Jurist, und das war schon ein ganz deutlicher Hinweis, daß ihn der Gedanke an das Opfer im Studentenwohnheim nicht loslassen wollte: ›Die Mathematik ist also auch kein Ausweg aus dem Dilemma.‹
›Nein, auch nicht‹, antwortete der Geistliche, und mir fiel auf, daß er das ›auch‹ betonte.
›Und wie steht es mit der Chemie?‹ wandte der Jurist sich an mich.
Mir war nicht danach zumute, mich auf Debatten einzulassen, darum tat ich so, als ob ich nichts gehört hätte.
Aber er ließ nicht locker. ›He Sie, Herr Chemiker, ich habe Sie etwas gefragt.‹
Ich legte den Zeigefinger auf die Anzeige, die ich gerade gelesen hatte, um sie nicht erst wieder suchen zu müssen, und sagte mehr aus dem

Mundwinkel heraus und ohne den Kopf zu ihm zu wenden: ›Fast sechzig Prozent sind chemische Todesursachen, darum gehört die Chemie wohl am ehesten auf die Anklagebank.‹
Möglich daß er noch Zeit hatte, sein ›Gut gegeben!‹ zu rufen, doch wir wurden von dem Lautsprecher unterbrochen. Alles horchte auf die Ansage hin, auch die Kartenspieler. Sie hielten die Hand mit der Karte, die sie gerade hatten ausspielen wollen, in der Luft, so wie in einem Film, den man anhält.
Doch die Ansage galt nicht uns, es handelte sich um ein Opfer in einem andern Stadtteil, für den wir nicht zuständig waren. Die Skatspieler nahmen ihr Spiel sofort wieder auf und der, der vorher mit der Faust auf den Tisch geschlagen hatte, ein ziemlicher Angeber, meinte: ›Das wäre ja auch noch schöner, wenn wir unsrer Ablösung keine Arbeit übrigließen.‹
Es war also kurz vor der Ablösung, darauf deuteten ja auch schon die Kirchenglocken hin. Die meisten gingen dann so schnell wie möglich nach Haus, und die, die kein Zuhause hatten, begaben sich in die Schlafräume mit den Pritschen. Wir hatten sogar ein Schild ›Bitte absolute Ruhe‹ an der Tür angebracht, einer von uns hatte es gemalt. Im großen ganzen wurde auch Rücksicht darauf genommen.
Ich wollte mich wieder meiner Zeitungslektüre zuwenden. Den Zeigefinger hatte ich die ganze Zeit auf der Stelle gehalten, die ich noch nicht zu Ende gelesen hatte. Wie gesagt, das Stellungs-

angebot eines Chemie-Konzerns mit fabelhaften Zukunftsaussichten für den Stellungsuchenden.
Das Werk lag in einer sehr viel kleineren Stadt, aber das Labor wird sicher viel moderner eingerichtet gewesen sein als bei uns im Institut. Und was macht es schon aus, daß die Stadt kleiner ist, darum braucht sie nicht langweiliger zu sein. Hauptsache, daß einen niemand kennt.
Das waren so meine Überlegungen. Nebenbei, die Stadt, in der das anzeigende Werk lag, ist nicht die geworden, in der ich jetzt arbeite.
Dem Juristen war es offenbar aufgefallen, daß ich die ganze Zeit den Zeigefinger auf einer der Anzeigen hielt. ›Sie wollen uns doch nicht etwa im Stich lassen?‹ fragte er.
›Nein, wieso?‹
›Weil Sie sich für Stellungen interessieren.‹
›Nur so, und für nachher, wenn dies hier alles vorbei ist.‹
›Vorbei?‹
›Na, eines Tages wird es ja vorbei sein.‹
›Vorbei?‹ rief er noch einmal, so laut, daß selbst die Kartenspieler erstaunt zu ihm hinsahen.
Ich wollte ihn beruhigen. ›Die Zahlen haben letzte Woche, wenn auch geringfügig, abgenommen.‹
›Zahlen? Menschenskind, glauben Sie noch an Zahlen? Na, von mir aus suchen Sie sich einen Unterschlupf, wo Sie nachzählen und in aller Ruhe auf die nächste Epidemie warten können. Vorbei! Als ob dies für unsereinen je vorbei sein

wird! Was sagen Sie dazu?‹ wandte er sich an den jungen Geistlichen.
Aber der wurde der Antwort enthoben. Der Kartenspieler rief: ›Schluß für heute. Gehen wir zu Mama.‹
Unsre Ablösung polterte in den Gemeinschaftsraum.

Zeittafel

1901	am 30. Januar als Sohn des Importkaufmanns Eugen Nossack in Hamburg geboren
1910–1919	Humanistisches Gymnasium »Johanneum«
1919–1922	Studium der Rechtswissenschaft und Philosophie in Jena
	Verschiedene Berufe, u. a. Ausbildung als Bankkaufmann
1925	Heirat mit Gabriele Knierer
1933–1956	als selbständiger Kaufmann in der väterlichen Firma tätig
1933–1945	Publikationsverbot
1943	bei der Zerstörung Hamburgs verbrannten alle seine Manuskripte
1947	*Gedichte; Nekyia.* Bericht eines Überlebenden
1948	*Interview mit dem Tode.* Bericht (1950 unter dem Titel *Dorothea*)
	Jean-Paul Sartre entdeckt Nossack für Frankreich, wo in der Folge seine wichtigsten Bücher in Übersetzungen erscheinen
1955	*Spätestens im November.* Roman
	Der Neugierige. Roman
1956	*Spirale.* Roman einer schlaflosen Nacht
	Übersiedlung nach Aystetten bei Augsburg als freier Schriftsteller
1958	*Begegnung im Vorraum.* Zwei Erzählungen
	Der jüngere Bruder. Roman
1961	*Nach dem letzten Aufstand.* Ein Bericht
	Georg-Büchner-Preis
	Zusammen mit Rudolf Hagelstange als Repräsentant der westdeutschen Schriftsteller zu den Tagore-Feiern nach Neu-Delhi
1962	Übersiedlung nach Darmstadt
1963	Wilhelm-Raabe-Preis der Stadt Braunschweig
1964	*Sechs Etüden.* Erzählungen
	Das kennt man. Erzählung
	Das Mal und andere Erzählungen

1965	Übersiedlung nach Frankfurt
1966	*Die schwache Position der Literatur*. Reden und Aufsätze
1968	*Der Fall d'Arthez*. Roman
1969	*Dem unbekannten Sieger*. Roman
	Übersiedlung nach Hamburg
1971	*Pseudoautobiographische Glossen*
1972	*Die gestohlene Melodie*. Roman
1973	*Bereitschaftsdienst*. Bericht über die Epidemie
1975	*Ein glücklicher Mensch*. Roman
	Um es kurz zu machen. Miniaturen
1976	*Dieser Andere*. Ein Lesebuch mit Briefen, Gedichten, Prosa
1977	am 2. November in Hamburg gestorben

Hans Erich Nossack
lieferbare Werke im Suhrkamp Verlag

Begegnung im Vorraum. Erzählungen. 1963. st 1177
Bereitschaftsdienst. Bericht über die Epidemie. 1973. Ln. (und st 1460, 1987)
Das Testament des Lucius Eurinus. 1981. BS 739
Dem unbekannten Sieger. Roman. 1969. Ln.
– 1971. BS 270
Der jüngere Bruder. Erweiterte Ausgabe. 1973. st 133
Der Neugierige. 1980. BS 663
Der Untergang. 1977. BS 523
Die gestohlene Melodie. Roman. 1972. Ln.
Dieser Andere. Ein Lesebuch mit Briefen, Gedichten, Prosa. 1976. Ln.
Ein glücklicher Mensch. Roman. 1975. Ln.
Interview mit dem Tode. Bericht. 1964. BS 117
Nach dem Letzten Aufstand. 1980. st 653
Pseudoautobiographische Glossen. 1971. es 445
Spätestens im November. 1972. BS 331
Spirale. Roman einer schlaflosen Nacht. 1972. st 50
Um es kurz zu machen. Miniaturen. 1975. st 255
Unmögliche Beweisaufnahme. Erzählung. 1959. BS 49
Vier Etuden. 1979. BS 621
Hans Erich Nossack, Die Erzählungen. 1987. Ln.